闘犬刑事《デカ》

南　英男
Minami Hideo

文芸社文庫

目次

第一章　実行犯たちの抹殺　5
第二章　巨額強奪金の行方　68
第三章　気になる投資詐欺《さぎ》　132
第四章　怪しい強欲な首領《ドン》　191
第五章　愚かな確執《かくしつ》の結末　251

第一章　実行犯たちの抹殺

1

人っ子ひとりいない。

静かだった。あたりは真っ暗だ。連《つら》なった建物が影絵のように見える。平和島《へいわじま》の倉庫街はひっそりとしていた。十二月上旬のある日の深夜だ。寒気が厳しい。

すぐ横の運河は、凍《い》てついた大気の底に横たわっている。水面《みなも》は暗くて、よく見えない。運河は東京湾に繋《つな》がっていた。倉庫ビル群の向こうの夜空だけが仄《ほの》かに明るかった。

東京流通センターの灯《あか》りだろう。左手に見える東京モノレールの高架《こうか》は、どことなくオブジェを連想させた。

須賀亮介《すがりょうすけ》は覆面パトカーの運転席から、斜め前に建つ新和《しんわ》倉庫ビルに視線を注《そそ》いでいた。張り込み中だった。

運河の際に駐《と》めた捜査車輌《しゃりょう》はスカイラインだ。車体の色はオフブラックだった。

四十一歳の須賀は、警視庁組織犯罪対策部第四課の警部である。いわゆる暴力団係刑事《マルボウデカ》だ。

同課は二〇〇三年の組織改編まで、捜査四課と呼ばれていた。いまも捜四《そうよん》という旧称を惜《お》しむ刑事は少なくない。須賀も、そのひとりだった。長ったらしい名称は、なんとなく馴染《なじ》みにくかった。温《ぬく》もりも感じられない。

組織犯罪対策部第四課は、暴力団や犯罪集団が関与した殺人、傷害、暴行、脅迫、放火、恐喝、賭博などを捜査対象にしている。荒っぽい犯罪者たちを相手にする捜査員の大半は強面《こわもて》で、揃《そろ》って体軀《たいく》が逞《たくま》しい。

だが、須賀は優男《やさおとこ》タイプだった。上背こそあるが、中肉だ。サラリーマンに見られることが多い。課内では異色の存在である。

しかし、須賀は裏社会の人間たちに〝優しい狼《おおかみ》〟と恐れられていた。一見、ひ弱そうだが、剣道と柔道はともに三段だった。むやみに怒鳴《どな》ったりすることはなかったが、一般市民に迷惑をかけている無法者《アウトロー》たちには非情に接していた。

相手の出方によっては、違法行為も辞さない。須賀は無表情で被疑者の両眼を貫手《ぬきて》で突き、顎《あご》の関節を外してしまう。

もともと凶暴性があったわけではない。四年前の夏、実弟の敏《さとし》が暴力団組員と間違われて横浜のやくざに誤射された。フリージャーナリストだった弟は、まだ三十三歳だった。すでに敏は結婚し、一女をもうけていた。

至近距離から頭部をロシア製拳銃のマカロフで撃ち抜かれた弟は、ほとんど即死状態だった。救急車が到着する前に息絶《た》えた。射殺犯は逃走したが、数時間後に緊急逮捕された。その犯人は、市民を巻き添えにしたことに少しも反省の色を見せなかった。自分がしくじったことばかりを繰り返しぼやいた。

その話を伝え聞いたとき、須賀は憤《いきどお》りで全身が火照《ほて》った。

加害者を撃ち殺したい衝動にも駆られた。弟の死は、あまりにも理不尽ではないか。なんの罪もない一家を不幸にした犯人はとうてい赦《ゆる》せなかった。

だからといって、私刑《リンチ》めいた報復はできない。

須賀は悔《くや》しかった。忌々《いまいま》しくもあった。加害者は服役中だが、来年の初夏には仮出所するらしい。

弟が殺された当時、須賀は本庁捜査二課で汚職、詐欺、横領、背任など知能犯の捜査に当たっていた。異動で組織犯罪対策部第四課に移ったのは三年前である。弟のこともあって、須賀は暴力団関係者を心底《しんそこ》憎んでいた。

助手席に坐った相棒の三雲理恵《みくもりえ》が腕時計に目をやった。支援要請してから、まだ十分も経《た》っていない。

「三雲、逸《は》やるな。落ち着くんだ」

須賀は女刑事をやんわりと窘《たしな》めた。理恵は二十七歳で、独身である。職階は巡査長だった。ちなみに、巡査長は正式な階級ではない。

「二人で新和倉庫ビルに突入しても、別に問題はないでしょ？　後《あと》で課の者が家宅捜査令状《オフダ》を持ってくるんですから」

「焦《あせ》るなって。早く手柄を立てたい気持ちもわかるがな」

「そんなんじゃありませんよ。わたしは、一刻も早く被疑者たちに手錠《ワッパ》を打ってやりたいだけです。点取り虫じゃないわ」

「気分を害したか？」

「ええ、ちょっとね」

「三雲は正直でいい。本音を口にしない相棒はやりにくいんだ。それはそうと、新和倉庫ビルに潜《ひそ》んでる三人が丸腰とは思えないな」

「そうでしょうね」

「二人だけで踏み込んだら、銃撃戦になりかねない」

「意外に慎重なんですね。先輩は、もっと無鉄砲だと思っていましたけど」

「はぐれ者たちにも人権はある。裁判所が発行した捜索差押許可状なしに踏み込むことはルール違反だよ」

「そうなんですけど……」

「違法捜査云々《うんぬん》はともかく、うちの課のアイドルを死なせてしまったら、おれがみんなから恨《うら》まれることになるじゃないか」

「アイドルって、わたしのことですか⁉」

「そうだ」

「やめてくださいよ。わたし、もう二十七歳です。アイドルはないでしょ？」

理恵が自嘲的に笑った。彼女は彫《ほ》りの深い美人だった。角度によっては、白人とのハーフに見える。モデル風の容貌《ようぼう》だ。

卵形の顔で、造作の一つひとつが整っている。身長は百六十八センチで、プロポーションも悪くない。所属している課だけではなく、刑事部各課のマドンナだった。

しかし、ただの女性刑事ではない。理恵は十代のころ、女暴走族《レディース》として東京周辺で暴れ回っていた。補導歴もある。荒《すさ》んだ生活をつづけていたら、いまごろ暴力団幹部の内妻になっていたかもしれない。それほどの跳《は》ね っ返りだった。

だが、ある出来事が理恵の生き方を変えた。

高校二年生の秋、チームの後輩をバイクのリアシートに乗せて都内の盛り場を走っているとき、運悪く対立している女暴走族グループと出くわしてしまった。多勢に無勢だ。まともにぶつかったら、袋叩きにされることになるだろう。

とっさに理恵はそう判断し、単車のスロットルを全開にした。すかさず十数台のバイクが追ってきた。

際《きわ》どいコーナリングを重ねているうちに、理恵は相乗りしている後輩の少女をバイクから振り落としてしまった。一つ年下の妹分は脳挫傷《のうざしょう》を負って、若い命を散らした。享年《きょうねん》十六だった。

理恵は自責の念から逃《のが》れられなかった。どう償《つぐな》えばいいのか。理恵は何日も考え、死んだ後輩の分まで精一杯生きることにした。

生活態度を改め、中堅私大に進んだ。大学を卒業すると、女性警官になった。新宿署に配属され、少年係として職務に励《はげ》んだ。望んでいたセクションだった。

理恵は自分の体験から、横道に逸《そ》れてしまった若者たちの気持ちがよく理解できるようだ。ただ、人生を甘く見ていると、必ず手痛いしっぺ返しを受けることになる。彼女は、非行少年たちにそのことをさりげなく伝えたかったのだろう。

理恵が新宿署から本庁組織犯罪対策部第四課に転属になったのは、およそ一年半前だ。そのときから、須賀たち二人はペアを組んでいる。

理恵は男たちを振り返らせるような美女だが、決して淑《しと》やかではない。男勝《まさ》りの性格で、言いたいことをずけずけと言う。時には、姐御《あねご》のような啖呵《たんか》も切る。

服装はいつもパンツルックだ。それでいて、大人の色気を漂《ただよ》わせている。

「唐突な質問ですけど、先輩は二年前にどうして離婚されたんですか？　浮気がバレちゃったのかな」

「残念ながら、浮気をするほどの甲斐性《かいしょう》はないよ。離婚の原因は、よくある性格の不一致ってやつさ」

須賀は曖昧《あいまい》に答えた。

別れた妻の深雪《みゆき》は、よく夫に尽《つ》くしてくれた。だが、彼女は独占欲が強かった。夫が死んだ弟の妻子の面倒を親身になって見ていることが気に入らなかったようだ。

現在、三十六歳の義妹の霞《かすみ》は聡明で美しい。中学一年生になった姪《めい》の未果《みか》もかわいげがある。誤射された弟は二十九歳のときに雑誌社を辞め、フリージャーナリストになった。週刊誌や月刊誌に寄稿し、長編犯罪ノンフィクションの著書も数冊あった。

とはいえ、収入は不安定だった。おまけに、敏は生命保険には加入していなかった。ろくに貯《たくわ》えもなかったらしい。

義妹は亡夫の納骨を済ませると、通販会社の電話オペレーターとして働きはじめた。正社員ではなく、契約社員だった。月給は安かった。給料だけでは娘を育て上げることは難しい。霞は未果の夕食の用意をすると、自宅近くのファミリーレストランで深夜までウェイトレスとして働いた。

二つの仕事をこなすことは並大抵ではない。霞は一年後に過労で倒れ、半月ほど入院する羽目になった。

須賀は入院費の支払いに義妹が頭を悩ませていることを知って、へそくりの数十万円をそっくり吐き出した。妻には内緒だった。

その後も小遣《こづか》いを遣《や》り繰《く》りして、毎月五万円を義妹に手渡すようになった。霞は昼間の仕事に専念し、夜は娘のそばにいられるようになった。須賀は、ひと安心した。

弟の遺族にささやかなカンパをしていることは、どうしても妻には打ち明けられなかった。女房孝行をしていないという負い目があったからだ。

そうした気持ちが悪い結果を招いた。義妹が須賀の援助に感謝していると深雪に伝えてしまったのである。嫉妬《しっと》深い妻は、夫と霞の仲を疑いはじめた。カンパのことを正直に妻に話すべきだったのかもしれない。

須賀は、義妹とは疚《やま》しい間柄ではないと幾度《いくど》も説明した。それは事実だった。しかし、深雪は夫を怪しみつづけた。須賀の義妹や姪に探《さぐ》りを入れるようになり、さらに探偵社に夫の素行調査まで依頼した。

須賀は愕然《がくぜん》とし、妻を詰《なじ》った。すると、深雪は独身時代に交際していた男性と無断外泊した。腹いせの浮気だったのだろう。

その一件で、夫婦の間に埋めようのない溝が生まれた。

須賀は自分の側にも非があることは承知していた。それでも、深雪の子供じみた仕返しに目をつぶることはできなかった。男の沽券《こけん》に拘《こだわ》ってしまったのだ。

別れ話を切り出すと、深雪は泣いて軽率な行動に走ったことを詫《わ》びた。

だが、須賀の決意はぐらつかなかった。いったん離れてしまった心はどうすることもできない。そういう経緯があって須賀は、深雪と協議離婚したのである。

「主犯格の三人は倉庫内の事務所で安心しきって、一杯飲《や》ってるんじゃないかしら？」

理恵が沈黙を破った。

「そうかもしれないな」

「破門された組員たちは自暴自棄になったんでしょうね。潜伏してる三人は、過去に例のないでっかい犯行《ヤマ》を踏んだので」

「ああ、おそらくね」

須賀は相槌《あいづち》を打った。

新和倉庫ビルに身を隠している三人の男は、それぞれ首都圏で四番目に勢力を誇る関東義誠会《ぎせいかい》の下部団体の構成員だった。十カ月前まで同会坪井《つぼい》組に所属していた東郷《とうごう》裕《ゆたか》は満三十二歳で、リーダー格と思われる。

東郷は、組の縄張り内の飲食店や風俗店から集めた〝みかじめ料〟の半分を着服していた。そのことが発覚し、小指を詰めさせられて坪井組から追放されたのだ。

関東義誠会荒木《あらき》組にいた里中伸洋《さとなかのぶひろ》は、服役中の兄貴分の内縁の妻を寝盗《と》り、破門された。里中は小指は落とさずに済んだようだが、ペニスに硫酸《りゅうさん》をぶっかけられたらしい。

沖克巳《おきかつみ》は関東義誠会権藤《ごんどう》組の組員だった。プロボクサー崩れである。二十八歳で、喧嘩《けんか》っ早い。沖は赤坂の高級クラブで派手な遊び方をしていた名古屋の筋者《すじもの》に因縁《いんねん》をつけて、とことんぶちのめしてしまった。

相手の男は中京《ちゅうきょう》会の舎弟頭《しゃていがしら》だった。中京会は中部地方で最大の組織だ。神戸の巨大広域暴力団とは友好関係にある。後ろ楯《だて》がしゃしゃり出てきたら、東西勢力の抗争にも発展しかねない。

関東義誠会の二次団体である権藤組は、焦《あせ》って中京会に三千万円の詫《わ》び料を払った。そんなことがあって、不始末を起こした沖は組にいられなくなったのだ。

やくざが盃《さかずき》を受けた組織から追われる場合、ふた通りの処分がある。仁侠《にんきょう》道を大きく踏み外したときは、間違いなく絶縁される。そういう場合は、組長の名で全国の親分衆に絶縁状が回されてしまう。そうなったら、別の組には絶対に迎え入れてもらえない。要するに、二度と渡世人《とせいにん》にはなれないわけだ。

破門扱いなら、別の暴力団の世話になることもできる。ただし、実際には幹部クラスでなければ、受け入れ先はまず見つからない。準幹部以下の者は単独で危ない橋をりに方菊丸を褒めちぎった。

「方菊丸様は、まさに麒麟のごとき聡明なお方。あまりに賢い受け答えをなされるので、我々もしばしば目を丸くしております」

「左様でございますか。それは何よりも嬉しいこと」

寿桂尼はそう言って微笑んだが、その笑顔はどこか他人行儀だ。

それもそうだろう。実の息子とはいえ、四歳で寺に入れてからは年に一度会うかどうかなのだ。方菊丸の顔をきちんと覚えているかも怪しいものだ。

男勝りな気性の寿桂尼は、自分の子供たちの成長を見つめるよりも、この乱世にあって今川家をいかに切り盛りしていくかということに熱中していた。彼女の眼中にあるのは現在の当主である氏輝と、氏輝に万が一のことがあった時のために控えている次兄の彦五郎《ひこごろう》だけである。五男の方菊丸などにいちいちかまっている暇などない。

だが、雪斎としてはそれでは困るのだ。

すっかり方菊丸に入れ込んでしまっている雪斎は、どうせ無駄なあがきだとは知りつつも、それでも寿桂尼に方菊丸の類まれな資質を少しでも印象付けようと、過剰なほどに重厚な準備を整えていた。

その結果、雪斎の熱心な声かけに応じて京からはるばるやってきた高僧や公家たちが、儀式の場にずらりと顔をそろえることになった。片田舎の小寺にすぎない善得寺が、その日だけまるで京の名刹の落慶法要のようなにぎやかさになった。

儀式がつつがなく終わると、寿桂尼は心から感謝した様子で雪斎に礼を言った。

「本当に、方菊丸をここまで立派に導いて頂き、お師匠様にはなんとお礼を申し上げたらよいことやら」

最初はたいして興味もなさそうだった寿桂尼だったが、思いのほか華やかだった得度の儀式にすっかり機嫌をよくしたらしい。雪斎は恐縮しながら答えた。

「いえいえ。方菊丸様は一を聞いたら十を理解してしまう英明なお方ですので、私などは実際、ほとんど何もしておらぬのです。あの類まれなる才は、まさに天賦のものにございます。ですよね、竜崇《りゅうそう》様」

雪斎に話を振られて、雪斎の師匠の一人である建仁寺の僧・常庵《じょうあん》竜崇が、緊張した表情で口を開く。

「ええ。寿桂尼様、方菊丸様の天稟《てんぴん》は、まことに底知れないものがございます。それゆえに拙僧は、恐れ多くも方菊丸様の名付け親を務めさせて頂くにあたり、あのお方にふさわしい『梅岳承芳《せんがくしょうほう》』の法名を授けさせて頂きました」

すかさず雪斎が、その名を大きく書き付けた紙を寿桂尼に恭しく差し出す。

「ほう、梅岳承芳……よい響きですね」

「ありがたきお言葉、まこと痛み入ります。古来、『梅檀《せんだん》は双葉より芳し』という言葉がございますが、まさに方菊丸様はその言葉を体現するような才智あふれる御方でございますゆえ、実にお似合いのお名前だと言えましょう」

「ほほほ。竜崇様はずいぶんと、方菊丸を買ってくださっているのですね」

そう言って寿桂尼は満足げに笑ってくれたが、その実、常庵竜崇は心の中で肝を冷やしていた。

竜崇は実は、これまでに方菊丸と一、二度会ったことがあるだけで、方菊丸のことなどほとんど何も知らないのだ。彼は事前に雪斎から頼まれて、二人で口裏を合わせて方菊丸の優秀さをあれこれ言い募っているだけだ。

「ええ。あれほどの立派なお方。いずれ京都五山(2)を背負って立つ存在になることは間違いないでしょう」

竜崇は口から出まかせに、そんなことを言ってアハハと薄っぺらく笑った。

得度を受けて正式に僧になった方菊丸改め梅岳承芳だが、頭を丸めて袈裟を着るようになったこと以外は、その暮らしぶりは以前とまったく変わらない。

梅岳が暮らす善得寺は、北条家が支配する相模国（神奈川県）と、武田家が支配する甲斐国（山梨県）との国境からほど近い片田舎にある。静かで鄙《ひな》びたこの寺に籠り、ただ延々と経を読み、座禅を組むだけの単調な毎日だ。

この御方は、もともと持って生まれた欲が薄いのだな——

長く共に暮らすうちに、雪斎は梅岳のことをそう理解するようになった。

梅岳は、とても十三歳とは思えないほどに自分を主張しようとしない。何事もまずは他人に譲ることを考え、自分のことを後回しにしたがる。それは梅岳が人並み外れて欲が薄いからで、周囲の人間と争い、怨みを買ってまで一時的に得をするくらいなら、むしろ身を引いて自分が損をしたほうが長い目で見たら得であるという発想になるようなのだ。

ひたすらに煩悩を捨てることを命じる仏の厳しい教えも、もともと無欲な彼にとってはそれほどつらいものではないらしい。普通の若者であれば退屈に感じるであろう寺の生活が、老成した梅岳にとっては性に合っているらしく、欲を抑えることの大事さを説く仏典を読んだ後、我が意を得たりとばかりに何度もうなずき、

「寺の裏山の山桜が見事に咲きほこっているのを見ているだけで私は十分に幸せなのです」

などと透き通った笑顔で言ったりしている。

そして雪斎はといえば、人並み以上の修行を積んだ高僧であるくせに、そんな梅岳の仏道向きの性格を喜ぶどころか、どうにも物足りなく感じてしまうのだった。

「そんな無欲では困るのです梅岳様。あなたには天から授かった稀有な才があるのだから、それを今川家のために生かそうという意志を持って頂かなければ」

本音ではそう言ってやりたい。

だが、そんなことを言ってしまっては禅僧失格である。雪斎は、自らの心の奥底から湧き起こるギラギラした野心が日に日に強くなっていくのを感じつつ、身悶えしながらその我欲を無理やりに抑え込むのだった。

「今日は、今川家と今川家を取り巻く情勢のことを学んで頂きます」

雪斎がそう言って文机の上に並べられた経典を片付けようとすると、梅岳は不満そうに言った。

「またですか師匠。私は仏の道を学ぶ僧です。何よりもまずは先祖の菩提を弔い、悟りを開くための術を学ぶべきなのに、こんなにも詳しく俗世のことを知る必要などありましょうか」

しかし、雪斎は取り付く島もない。

「梅岳様、僧は仏典だけに精通していればよいというものではござりませぬぞ。

まして梅岳様はいずれ、京に出て寺社や公家衆と広く交わり、今川のために口利きを頼んだり、朝廷や各地の武家に関する噂話を集めたりするお役目を任されるお立場におられます。その時に、僧だからといって今川の家が置かれた状況を知らぬ存ぜぬでは済まされぬでしょう」

「う……」

今川の家のためだという理由を持ち出されると、梅岳は弱い。

これは自分のためになると言うと梅岳は嫌がるが、あなたがやらないとほかの方に迷惑がかかりますよと言うと、梅岳はたいてい黙って受け入れてしまう。最近の雪斎はそのことをすっかり見抜いていた。

雪斎が嫌がる梅岳の尻を叩いて、無理やりにでも今川家の政に関わらせようとしている背景には、最近の今川家が置かれたお寒い現状がある。

現在の今川家の当主は、十九歳の長兄・氏輝である。

氏輝はさして愚鈍な男ではなかったが、残念なことに体がとても弱かった。少しでも無理をすると、すぐ熱を出して寝込んでしまう。

それでいつしか、母の寿桂尼が氏輝の代(3)わりに政務をさばくことが今川家の日常となった。氏輝の父も死ぬ前の数年間は中風を患って寝たきりで、寿桂尼はその間やむを得ず代理で政務を取り仕切っていたから、病弱な息子の代理を務めることなどお手のものだ。

父が死んだ時の氏輝はまだ十四歳で、政務を執れる年齢ではなかったから、経験豊富な母が後見するのは自然な流れだった。だが、いかに病弱とはいえ氏輝はもう十九歳になったのに、いまだに寿桂尼が身を引く気配はまったくない。

国に二人の主がいると、家臣としては実にやりづらい。

これは氏輝様の裁可を仰ぐ必要があるのか、いや寿桂尼様にお認め頂ければよかろう、などという不毛な判断に家臣たちは無駄に神経をすり減らし、いつしか面倒を避けるために余計なことを言うのをやめた。その結果、現在の今川家は何の揉め事も起こらず、不自然なほどに落ち着いている。いや、落ち着きすぎている。

本当にこんな状態で、今川は生き残っていけるのか――

雪斎としては、どうにも冴えない今川家の現状に歯がゆさを禁じえない。

それだけに、優秀な梅岳が少しでも今川家の政に貢献できるよう、雪斎の仏道以外の教育にも自然と熱が入るのだった。

雪斎は文机の上に巻紙を広げると、そこに簡単な地図を描いた。中央に今川家が治める駿河と遠江《とおとうみ》があり、南は海である。

雪斎はその東側に伊豆・相模と国名を書き、その上に大きく「北条」の文字を書いて丸で囲んだ。

「今川はこれまで、東の北条家と手を組むことでこの乱世を生き延びてきました。今川と北条の深い絆の始まりは、梅岳様のお祖母《ばあ》様の代にさかのぼります」

梅岳はすかさず、もうその話は聞き飽きたといった態で話を遮った。

「私には北条の血が流れているという話でしょう。それは知っています。母上が来るたびに毎回しつこく聞かされますから」

そして、心底うんざりした表情を浮かべながら梅岳は尋ねた。

「師匠、教えてください。今川は北条と手を組んでいるとのことですが、かつて北条は今川の家臣だったのでござりましょう。それがどうして、今はさも同格の大名のように振る舞っているのでございますか」

勘のいい子供だな、と雪斎は身構えた。

政治向きのことはまだ教え始めたばかりなのに、漏れ聞こえてくる大人たちの会話の断片と雪斎の説明をつなぎ合わせて、梅岳はもう肝心なところはすっかり摑んでいるようであった。それは一番聞かれたくない、嫌な質問だった。

雪斎は慎重に言葉を選びながら梅岳に説明した。

「仰せのとおり、北条家の始祖、北条早雲殿はたしかに今川家の家臣でございました。

とはいっても、梅岳様のお父様にとって早雲殿は叔父にあたりますから、ただの家臣とは違います」

「ええ。北条と今川は親戚同士ですから、大事な御一門衆であるということは私にもわかります」

　北条早雲の姉は、今川家に嫁いで梅岳の父を産んだ。つまり梅岳にとって北条早雲は大叔父にあたる。今川と北条の深い縁はその時に始まったものだ。

「加えて、早雲殿には類まれなご功績があります。梅岳様のお祖父《じい》様が亡くなられた時、誰が家督を継ぐかで今川家は真っ二つになりました。その時に早雲殿は、いち早くお父様を当主に推して強力に家中をまとめ上げられました。早雲殿のお力がなければ、今川の家はいまごろお家騒動でばらばらになっていたでしょうし、梅岳様のお父様も当主になれていたかどうか。それゆえ北条は――」

　雪斎の説明にかぶせるように、梅岳は少し苛ついた声で質問を浴びせた。

「それも知っています。御一門衆として北条を重んじるのであれば私も別によいのです。そうではなくて私が聞きたいのは、なぜ北条が今川に臣下の礼を取らず、同格の大名のように振る舞っているかということです。そして今川は、なぜそれに何も文句を言わぬのですか」

梅岳の問いに、雪斎は答えることができなかった。

実は雪斎も、その答えは知っている。

いたって単純なことである。要するに、北条が強く、今川が弱いからだ。


北条早雲は、後の世で「下剋上の元祖」と讃えられた稀代の英雄だ。

彼は辣腕をふるって今川のお家騒動や足利幕府の内紛を収め、その功績で伊豆に地盤を築いた。早雲の死後は跡を継いだ息子の氏綱《うじつな》が父親譲りの剛腕でさらに周辺の諸勢力を次々と斬り従えており、いまや北条家は伊豆、相模の二国を領有して日の出の勢いだ。

かたや今川家は、長いこと先代も現当主も病気に苦しんでいるせいで、領内の国衆たちにすっかり舐められてしまっている。国内をまとめ上げることすら覚束ないのに、他国との戦に勝てるわけがなかった。

そんな状況が北条をますます強気にさせ、今川をいっそう弱腰にさせる。北条に見限られたら今川は到底生きていけないという現在の力関係が、まるで同格の大名のような両家の振る舞いに如実に表れているということだ。

だが、それをありのままに説明してしまうと、氏輝と寿桂尼がだらしないという批判の言葉にもなりかねない。雪斎はただ沈黙して梅岳の質問には答えなかったが、きっと勘のいい梅岳のことだ。その沈黙が雪斎からの何よりの回答であることを、機敏に察しているはずだ。

「続けましょう。今川の北にいるのは武田信虎《たけだのぶとら》。今川の最大の敵です」

そう言いながら雪斎は、駿河の北に甲斐という国名を記し、武田という名前を大きく書いて丸で囲む。

「武田家の当主、信虎殿は乱れていた甲斐国を斬り従えて、一つにまとめ上げた実力者です。甲斐の兵、特に騎馬武者たちの強さはつとに有名で、我が軍も常に苦戦を強いられております。そんな武田と互角に戦うためにも、今川には北条との同盟が欠かせないのです」

この説明にも梅岳は不服そうだ。心底不思議そうな顔で雪斎に尋ねた。

「なぜ今川は武田に勝てぬのです。武田の兵もまさか鬼や羅刹でもなし。同じ人間でしょうに、どうして今川と武田でここまでの差がつくのですか」

雪斎は、本当にこの御方に説明する時は一瞬たりとも気が抜けないな、と背筋が凍るような思いがした。とりあえず梅岳の問いには答えずに受け流す。

「それは語り始めると長くなりますので、まずは『孫子』と『六韜《りくとう》』を十分に読み込んだあとにお話しをしましょう」

そう言われた栴岳は露骨に嫌そうな顔をした。

「う……やはり読まねばなりませぬか。孫子にせよ六韜にせよ、兵法書などしょせんは人殺しの術ではありませぬか。私は不殺生戒を守る僧ですよ」

栴岳は仏典を読むことを好み、雪斎が用意する兵法書や、「貞観政要《じょうがんせいよう》」だの「資治通鑑《しじつがん》」だのといった政治や歴史の書を読むのを露骨に嫌がった。僧として生きるにはうってつけの資質なはずなのだが、雪斎はそれを良しとしない。

「栴岳様は僧である以上に、今川のお家を背負う御方でございますから」

そう言って、栴岳の反論をぴしゃりと打ち切った。


「最後は西ですが、まずは三河」

そう言って雪斎は今川家の西側に、小さめに三河国（愛知県）と松平清康《まつだいらきよやす》の名を書く。そしてそのさらに先に、ひと回りくらい大きな字で尾張国（愛知県）と書き、織田信秀《おだのぶひで》の名を記して丸で囲んだ。

「三河は水に乏しく田が作りにくいので、松平清康殿が養うことができる兵数は微々たるもの。よって三河は物の数ではありませぬ。

一方で尾張には、長良、木曽、揖斐の三川が流れ込み、見渡す限りの肥沃な平野が広がっています。川と海があるので船で物資を運ぶにも都合がよく、自然と人が往来し、市が立って多くの金が集まってきます。王城の地とはまさにこのような場所のことを言うのでしょう。この尾張に覇を唱える織田家こそが、真の脅威であると言ってよろしいかと」

「織田信秀とは、どのような人間なのですか。北条と武田については私もよく話を聞きますが、織田はよくわかりませぬ」

「なかなかのやり手であるとの噂ですな。昔からの守護[4]である斯波《しば》家が力を失って、いまの尾張国は守護代[5]の織田家が牛耳っています。信秀殿の家はもともと、その織田家の中の数ある分家のひとつにすぎませんでした。しかし、そこからほかの分家を次々と斬り従えて、今では本家を差し置いて織田家の主として君臨しております」

　すると梅岳は苦笑いしながら言った。

「なんだか、北条も武田も織田も、斬り従えてばかりですな」

　たしかにどの国も、似たような経緯をたどっている。

十年以上続いた応仁の乱[6]によって足利幕府の権威は地に堕ち、幕府から各国に派遣された守護はすっかり力を失ってしまった。権威が消滅するということは、現代に例えれば警察が消滅することに等しい。奪われても誰も助けてくれない、奪っても誰も罰しないという状況が生まれると、人の世はたちまちのうちに、力ある者が力なき者から思うがままに収奪する地獄と化す。

どの国もいったんはそのような無法地帯に陥ったのち、周囲を強引に斬り従え、「彼の下にいれば誰かに襲われた時に絶対守ってくれる」という安心を与えることができた者がその国の主《あるじ》となっている。いまだに守護が力を失わず、国内が戦乱状態に陥っていない国など、今川家が治める駿河と遠江くらいのものだろう。

「ええ。この地が戦火を逃れているのは、今川家が堅実な治世を心がけているからにほかなりませぬ。このご時世、これは誠に稀有なことであり、この上ない僥倖《ぎょうこう》であるということは、くれぐれも肝に銘じておくべきでしょう」

雪斎はそう言ったが、梅岳は自嘲気味にフッと笑いを漏らした。

「本当にそれが、幸せなのでしょうか。今川が弱いのも、戦を知らぬせいでしょう」

雪斎は、うっと言葉に詰まった。気まずい沈黙が二人の間に流れた。

このお方は本当に、鋭いところを突いてくる——

昨年、雪斎は自分の修行をやり直すため、しばらく梅岳の教育を弟子に託して京に上った。少なくとも半年ほどは駿河に戻らないつもりでいる。

どうにも、己の中のどす黒い野心が収まらない。収まらないどころか、焦がれるような思いがじわじわと年を追うごとに強くなってきている。

最初のうちは、梅岳が当主の氏輝を支えればいい、くらいの気持ちだったのだが、最近の雪斎は、梅岳が当主でなければ今川は滅びる、梅岳を当主にするためなら人の道を外れてもやむを得ない、という極端な考えが自分の中に湧いてくるのを打ち消すので必死だった。真っ黒な野心の炎が自分を包み込んですっかり焼き尽くしてしまう前に、一度、しばらく梅岳と離れて冷静になろうと思った。

雪斎が京に上ると、常庵竜崇は愛弟子を喜んで迎え入れた。

「あの『梅檀のお方』はどうじゃ。相変わらず芳しいか」

「ええ。あれから長じて、ますます先が楽しみになっております」

「ほう。お主がそこまで言うのであれば、間違いはなかろうな。まして高貴な今川の血を引いておられるとあらば、あの御方はいずれ京都五山を背負って立つ方になろう。教育を任されたお主の責任は重大だぞ」

師匠にそう言われて、雪斎は思わず目を伏せた。

「……いえ。未熟な私には荷が重うございます。それで自らを鍛え直さねばと、恥を忍んで戻ってまいりました」

「天下第一の禅寺、建仁寺の首座《しゅそ》(7)まで上り詰めておいて、今さら何を言うか。もはやお主の修行は、儂も及ばぬ域に達しておる」

竜崇の無邪気な評価が、雪斎の心を無遠慮に抉ってくる。

何が建仁寺の首座だ。ギラギラした煩悩まみれのくせに修行の成果だけは立派で、無駄な学識ばかりを脳みそに溜め込んで、実に滑稽な愚か者ではないか――

修行のやり直しといっても、雪斎は学識に関してはすでにあらかた頭に入っている。やることはひたすらに座禅である。頭を無にして、延々と座り続ける。食事も忘れて座り続け、一日が終わる頃には膝が固まってすぐには立ち上がれないほどだった。

そんな、自分を痛めつけるような修行をずっと続けていけば、己の中に巣食って離れない邪悪な考えも、きっと熱病が去るようにすんなり消えてなくなるはずだと雪斎は期待していた。

だが、ひと月座り続けても、ふた月座り続けても、雪斎の心は変わらない。

五か月を過ぎた頃、諦めに近い疲労感とともに、雪斎はとうとう悟ったのだった。

どれだけ座禅を組もうが、どれだけ思索を重ねようが、自分の心の一番深いところから沸々と湧き上がってくるこの衝動は、もはやどう足掻いても消えない。

だとしたらもう、たとえ地獄に落ちようとも、この欲望まみれのどうしようもない自分を貫くより仕方がないじゃないか。

この日、雪斎は僧としてあるまじき、これ以上なく邪悪な決意を固めた。

まだ、実行には少しだけ早い。

梅岳様がすっかり大人になった頃。そうだ、五年後くらいがちょうどいい――


その後、雪斎は駿河に帰国して梅岳と半年ぶりに再会した。

「梅岳様、大変お待たせいたしました。下準備を整えて参りましたので、来年には京に上ってともに修行いたしましょう」

「おお！　ついに京に上る日が来ましたか。母上も兄上も、さぞやお喜びになるでありましょう。今から楽しみでなりませぬ」

無邪気に喜ぶ梅岳を、雪斎は複雑な気持ちで眺めていた。

あなた様には、そんな素直でいられては困るのです。もっと、兄たちを押しのけてでも我こそが一番になるという、我の強さを見せて頂かなければ、この先――

だが、その欲の少なさとこだわりのなさが、梅岳の良さでもある。

欲が少ないから、梅岳の目は嫉妬や執着で曇るようなことがない。こだわりが薄いから、自説に固執せず素直に人の声に耳を傾け、えり好みせず学ぶことでどんどん成長していく。

この璞《あらたま》のような御曹司を、私は修羅の道に引き入れようとしている。

私は鬼だ。徳の高い僧のような顔をして、誰よりも業が深い。この方が今川家を繁栄に導いていく姿を見てみたい、そしてその覇業を傍らでお支えしたいなどという、汚らしい我欲に囚われている。私は醜い鬼だ――

雪斎は人知れず、自分の中に確実に棲んでいる魔物を呪った。

死まであと二十九年

六年目　天文五年（一五三六年）　今川義元　一八歳

「はあ？　氏輝兄様と彦五郎兄様が、ともに病に倒れただと？」

梅岳は思わず、柄にもなく素っ頓狂な声をあげてしまい、慌てて声をひそめた。

「……それで、具合のほうはどうなのじゃ？」

向かい側に座っていた雪斎は、苦りきった表情を作り、うめくように呟く。

「あまり……よろしくはないと」

「そんな……氏輝兄様ならまだしも、なぜ彦五郎兄様まで……天は今川家に仇なそうとでもいうのか！」

もともと病弱だった氏輝が倒れるのは、ある程度は皆の想定内だった。だからこそ次兄の彦五郎は、氏輝に万が一のことがあった場合の備えとして出家せず家に残されていたのだ。それなのに、健康そのものの彦五郎まで一緒に倒れるとは、誰一人として予想だにしていなかった。

「最近では川の虫のせいで、昨日まで元気だった若者がいきなり腹を下して、あっという間に弱って死んでしまうことも多いと聞きます。梅岳様も、くれぐれもご自愛くださりますよう」

二人の症状はまったく一緒で、ある日突然に唇や舌、手足に軽いしびれが出たと思ったら激しい腹痛と下痢に襲われ、嘔吐を繰り返した末に昏倒したそうだ。

たしかにこの時代、ひとたび疫病に罹れば、若者でもあっけなく死んでしまうことは決して珍しくはない。だが、国中のあちこちで同じような症状の病気が蔓延していればまだ理解できるが、そんな話は聞いたこともない。あまりにも不可解な出来事だった。

「私の身などはどうでもよい。兄様たちにもしものことがあれば、今川はどうなってしまうのだ。武田がここぞとばかりに駿河国を狙ってくるぞ。北条と急ぎ話をして、万が一の時には同盟の誼《よしみ》で、真っ先に援軍を寄こして我々を守ってくれるように話をつけねばならぬのではないのか」

梅岳は真っ青な顔をして、オロオロと戸惑った。

寺で単調な刺激のない生活を送ってきた梅岳には、このような不測の事態の経験が圧倒的に不足している。雪斎は狼狽する梅岳を、冷たい口調で制した。

「梅岳様、落ち着きなされませ。そのようにうろたえる姿を周囲に見られては、今川の名折れですぞ」

「だが……」

「もしこれで氏輝様と彦五郎様の身に何かがあれば、その時は梅岳様、あなたが今川を――」

雪斎が言いかけた言葉を、梅岳は鋭い声で遮った。

「言うなッ！」

そう叫んだ梅岳の顔色は恐怖で土気色になっている。

「そんな不届きなことを考えるとは不忠であるぞ。言葉を慎め！」


これまで梅岳は、今川の家は兄たちと母に任せ、自分は好きな仏道修行に専念して悠々と生きるのだと、不遇な自分の立場をどこか満喫しているところがあった。

それがこんな唐突に、さあ今日からお前が今川家を率いるのだなどと言われても心の準備が追いつくはずがない。日頃はいろいろな感情を呑み込んでおとなしくしている梅岳も、この時ばかりは動揺のあまり口調が荒くなるのを止められなかった。

だが、雪斎は梅岳の怒りにも一切動じることなく、恐ろしいほどの無表情で、淡々と梅岳に告げた。

「いいえ。常に最悪を想定して次の手を用意しておくのは、今川のお家のために必要なこと。決して不届きなどではございませぬ。

国に一日たりとも主なくば乱のもと。梅岳様がお読みになられた書物に出てくる先哲たちも皆、乱を防ぐべく、未然のうちに手を打っておりますでしょう」

「う……」

二人の兄の快復を祈る梅岳の必死の願いもかなわず、その三日後に氏輝と彦五郎はあっさりとこの世を去った。二人ともまだ二十代前半の若さである。驚くべきことに、亡くなったのは二人とも同じ三月十七日だった。

かくなる上は、一刻も早く今川家の跡継ぎを決めねばならない。雪斎は途端に、水を得た魚のごとく精力的に活動を始めた。

「梅岳様。氏輝様と彦五郎様がお亡くなりになられたいま、あなたが次の今川家の当主でござります。ただちに還俗《げんぞく》して、駿府の今川館にお入りくださいませ」

「私が？　二人の兄様方のどちらかではないのか。兄を差し置いて年下の私が当主になるなど、僭越ではないか」

長兄と次兄は死んだが、三人目と四人目の兄は生きている。二人とも梅岳と同じように幼くして寺に出され、三男は玄広恵探《げんこうえたん》、四男は象耳泉奘《しょうじせんじょう》という法名を名乗っている。二人とは父の葬儀で隣の席になり、その時少しだけ話をしたことがあったが、とても温和で頼りがいのありそうな兄たちだった。年下の自分がその二人よりも当主にふさわしい人間だとはとても思えない。

怯えた表情で反論した梅岳を、雪斎はほとんど恫喝のような口調で励ました。

「何を弱気なことを仰っておるのです梅岳様。恵探殿も、泉奘殿も、たしかに梅岳様よりも歳は上ですが、しょせんは妾腹《めかけばら》の子。

あなた様は正室の寿桂尼様の御子なのですから、氏輝様、彦五郎様亡き今、あなた様が今川の当主となることは当然でござりましょう。むしろ妾腹の彼らが当主になるようでは、家臣がついてまいりません」

「しかし……」

「それに何より、あのご気性の寿桂尼様が、黙っておられるとお思いですか」

「ぐ……」


たしかに雪斎の言うとおりだった。

梅岳の母の寿桂尼は、もう十年以上、実質的な今川家の主として君臨している。氏輝がいるのに権力を手放す気配もなかった母が、ここへ来ていきなり妾腹の子などに当主の位を譲らせるわけがなかった。

「腹をくくられませ、梅岳様。あなたはいますぐ馬を飛ばして駿府の今川館に入り、次の当主は自分だと宣言するのです。もたもたしている間に、恵探様や泉奘様がしれっと今川館に入って家中に号令をかけてしまっては一大事。彼らに無用の付け入る隙を与えてはなりませぬ」

「だが……」

煮えきらぬ梅岳を、雪斎はため息交じりに諭した。

「いいですか梅岳様。こういう時は、さも『私が次の当主となるのが当然である』という顔をして、堂々と振る舞うことが何よりも肝要でございます。たとえ不安を抱えていても、決してそれは表に出さず強気に振る舞ってくださりませ。そうすれば周囲の者たちもその態度に呑まれて、梅岳様が次の当主であると自然と思い込むようになりますから」

わざと強気に振る舞えと言われても、控えめな性格の梅岳にとってそれはもっとも苦手とするところだ。とはいえ次期当主の座を目指す以上、苦手だろうがこういう時には決められた役回りをきちんと演じてもらわねば雪斎としては困る。

かくして、雪斎に追い立てられるように梅岳は駿府の今川館に向かった。

季節は春。花は萌え日はうららかに輝いているが、当主の喪に服している今川館の雰囲気はどこか沈んでいる。

城内は不安げな顔でうろうろする多くの人であふれ、落ち着きのない様子だった。

梅岳は、出家した五男がのこのこと何をしに来たのかと冷ややかな目で見られるのではと恐れていたが、実際はまったく逆だった。

梅岳が今川館の門をくぐった瞬間、周囲から安堵のようなどよめきが起きた。誰もがすがるような目で、馬に乗って入城する梅岳の姿を見上げていた。

寿桂尼も、今まで何年もほったらかしで文のひとつもろくに寄こさなかったくせに、梅岳が辟易するほどの歓迎ぶりをみせた。梅岳をかいがいしく案内して上座に座らせると、しっかりと彼の手を握り、じっと目を見つめて言う。

「方菊丸、いや、いまは梅岳殿とお呼びしたほうがよいのですかね。氏輝と彦五郎があんなことになってしまったいま、あなただけが頼りです。よくぞ、いち早くここに駆けつけてくれました」

すがるような目で見つめてくる寿桂尼に、梅岳はゆっくりと答えた。

「母上。兄上たちに万が一のことがあった時に、今川を支えるのが私の役目です。それゆえ、夜を日に継いででも急ぎ参上するのは当然でござりましょう。

かくなる上は、私はしかるべき日を選んで還俗し、ただちに今川家の次の当主となって家中の動揺を抑えます。そうせねば、この国をつけ狙う武田家に付け込まれますからな」

なんとも落ち着き払った、堂々たる態度だった。見違えるようなその様子を見て、傍らに控えていた雪斎は思わず息を呑んだ。

この程度は十分演じることができる方だと信じてはいたが、まさか、ここまで上手にやってのけるとは。このお方の器量は底が知れぬ――

善得寺を出発する前に見せた、うろたえた姿は微塵もなかった。梅岳は、内心の葛藤と生来の控えめな性格を見事に抑え込んで「貫禄ある次期当主」を付け焼き刃ながら見事に演じきっていた。

我が子の予想外の頼もしさを知って、寿桂尼がみるみるうちに顔をほころばせる。

「おお、そうです。よくぞ申しました梅岳殿。すぐにでも北条氏綱殿にも使いを送り、あなたが次の当主であることを認めてもらうようにいたしましょう」

「……北条に？」

母がまっさきに北条の名を挙げたので、梅岳は一瞬だけ鼻白んだ。

なぜ今川の次の当主を誰にするかを、隣国の同盟者にすぎぬ北条家の当主に認めてもらわねばならないのか。だが、そうしなければ今川は生き残れないのだと梅岳はすぐに気づいて、出かかった言葉を呑み込んだ。

ところが、続いて寿桂尼が言いだしたことには、梅岳もさすがに口を挟まずにはいられなかった。

「氏綱様にも早急にお目通りの機会を設けねばなりませんね」

「お目通り？」

梅岳の顔が一瞬で険しくなったことに、寿桂尼はまったく気づいていない。自分が変なことを言ったとは、露ほども思っていないようだった。

「……母上。それは、兄様が家督を継がれた時にも行われたのですか」

「いいえ。しかし氏輝の時は跡継ぎが前々から決まっていて、文句を言う者は誰もおりませんでしたからね。

今回は、どこぞの不届き者が梅岳殿の家督相続に異を唱える恐れがあります。ですから、ほかの兄弟よりも早く氏綱様とお目通りを果たして顔見知りになっておくことは、北条家の後ろ楯を得るためには欠かせないことです」

「しかし、お目通りとは……」

寿桂尼自身は何ひとつ違和感を覚えていないようだが、無意識に出たその言葉が、この十年あまりの今川家のお寒い実態を痛いほどに表していた。「お目通り」などと言ったら、まるで家臣が主君に謁見を申し込んでいるかのようではないか。

梅岳の怪訝な表情から、彼が何に引っかかっているのかを即座に察した雪斎は、すかさず言葉を挟んだ。

「寿桂尼様。たしかに北条は我ら今川にとって重要な同盟相手にござります。しかしそれより先に、梅岳様の家督相続の件についてお伺いを立てておくべき、もっと大事なお相手がございましょう」

「北条より先に、話をつけておく相手？」

怪訝な顔をする寿桂尼に、雪斎はことさら重々しい口調を作って言った。

「京の、足利将軍様にござります」

「あ……まあ、それはそうですね」

寿桂尼は、そんなことはまったく思いもよらなかったという表情を浮かべた。落ち目の足利幕府の意向など、いまや誰一人として歯牙にもかけない。だが、それでもまだ将軍の名前は使えると雪斎は言う。

「今川は足利将軍家の血を引く名門ですから、将軍様の意向を気にする者はまだ数多くおります。それゆえ、幕府に梅岳様の家督継承を届け出て認めて頂ければ、それに異を唱えんと企む不届き者たちも大いに怯むに違いありませぬ」

「おお！　たしかにそのとおりですね。よくぞ申してくれました。今すぐ手配させましょう」

「拙僧は長く京の建仁寺で修行して、幕府の要人や朝廷で力のある公家衆には顔見知りも多くおりますゆえ、その筋より幕府に働きかけてみましょう」

「なんと。それは大変心強いこと。頼りにしておりますよ」

寿桂尼の顔が途端にパッと明るくなったのを見て、雪斎がいまの献策ひとつですっかり母の信頼を勝ち得たことを梅岳は悟った。

それまでの寿桂尼は、まるで相手の器量を見定めるように、雪斎に対してどこかよそよそしい口調を崩さなかった。それがこの献策以降、見るからに柔らかな態度に変わり、雪斎が次々と出してくる策に満足そうにホイホイと了解を出している。

梅岳はそんな寿桂尼の姿を、残酷なまでの冷静さで黙って観察していた。

母上はきっと、これと同じ調子で北条氏綱にも丸め込まれたのだろうな――

雪斎が提案する策はどれも的確で効果的なものであり、母がそれに賛同すること自体には梅岳も文句はない。

梅岳が気になったのは、その賛同のしかたである。寿桂尼は一度誰かに心を許すともう、すっかりその者を信じきってしまって、その者の献策なのだから間違いはなかろうと、ろくに検討せず無条件で全部受け入れてしまうきらいがあった。

たった一人で今川家を背負い、母上も内心は不安でたまらぬのであろう――

梅岳は、一見すると気丈そうに見える母のことをそう理解した。

彼女はきっと、誰でもいいから頼れる者を見つけだして、自分が背負っている重すぎる荷をその者に預けたいのだ。だからこそ、北条は信頼できるといったん結論を出してしまったらもう、その結論が揺らぐことはない。揺らぐことによって生まれてしまう不安に耐えられるほど、彼女の心は強靭ではない。

母上。もう楽にしてあげますよ。その重荷、これからは私が背負ってあげます。

梅岳は、ある意味ではこの上なく優しく、ある意味ではこの上なく冷たい決意を秘かに固めた。だが、母の前では一切その素振りは見せず、ただ穏やかな微笑を浮かべたまま、黙って話を聞き続けた。

かくして、万全のお膳立てが整えられ、順調に決まるかに見えた梅岳の家督相続だったが、時間が経つにつれ徐々にきな臭い空気が漂い始める。今川家の譜代の重臣である福島《くしま》家が、陰で不穏な動きを見せるようになったのだ。

梅岳の兄の玄広恵探は、母が福島家の出身である。福島家が恵探を担ぎ上げ、梅岳を追いやって次の今川家当主に据えようと画策しているらしいという噂が、まことしやかに囁かれるようになった。

だが、雪斎はそんな穏やかではない噂を一笑に付した。

「何も問題はございません。梅岳様は正室のお子であり、あちらは妾腹の子。しかも今川家を支えてきた要である寿桂尼様のほか、朝比奈《あさひな》、岡部《おかべ》、鵜殿《うどの》などの主だった家臣は皆、梅岳様を支持しております。理は我々にあり、人も我々についている。負ける理由が見当たりませぬ」

いや、自分が知りたいのは勝てるかどうかではなく、戦にせず穏便に収めるためにはどうすべきかなのだが――梅岳は内心そう思いつつも雪斎に尋ねた。

「家督相続を足利将軍からお認め頂く件は、どうなっている」

「至って順調にござります。梅岳様が今川家の当主であることを認めて頂くだけでなく、その証として将軍様から偏諱《へんき》も頂けるのではないかと」

「偏諱？」

主君が配下の者に対して、自分の名前から一文字を与えることを偏諱という。それは大変な名誉なことであり、足利将軍が梅岳のことを次期当主として重んじている何よりの証だ。ここまで足利将軍が梅岳に協力的なのは、京の朝廷に対する雪斎の顔の広さが功を奏しているのは間違いない。

「これが、いずれあなた様のお名前になります」

雪斎は懐から紙を取り出し、梅岳に向けて広げて見せた。そこには四つの文字が大きく墨書されている。

「今川……義元？」

「ええ。将軍・足利義晴《あしかがよしはる》様の名を一文字頂きました。大変ありがたき思し召しにござります」

梅岳は何やら呆気にとられたような表情で、ぼんやりとその新しい名前を眺めていた。自分が今川家の当主になるという、どこか絵空事めいていた出来事が、今川義元という名を得た途端、いきなり現実のものになったような気がした。

「それでは、師匠はいますぐこの知らせを家中に広めてくれ。ここまで根回しが進んでいると知れば、今川の当主になろうという野心を秘かに抱いていた者たちも、さすがに諦めておとなしくなるはずじゃ」

梅岳承芳改め今川義元は、そう言って少しホッとしたような表情を浮かべた。義元としても、同じ家中でわざわざ無駄な血は流したくなかった。

雪斎はそんな義元を、どこか冷めた目で眺めながら言った。

「ええ、まあ。それはよしなに。ところで義元様、寿桂尼様と北条の件でございますが――」

しかし結局、今川家の当主争いは避けることができなかった。

福島家は一族の命運を懸け、玄広恵探を担いで次期当主の座を狙うと肚を決めたのである。

四月二十七日に寿桂尼の号令で主だった家中の者たちが集められ、今川館で寄合が開かれた。福島家が動き出す前に機先を制する形である。

寄合が始まるやいなや、寿桂尼は前置きもそこそこに一方的に宣告した。

「梅岳承芳殿を、次の今川家の当主といたします」

まるでそれが、変更のできない既成事実であるかのような言い方だった。今川館の大広間が、水を打ったようにしんと静まり返る。

このまま誰も何も言わなければ、梅岳の家督相続は決まりである。だが、息が詰まるような長い沈黙のあと、福島家の当主、福島越前守が無言で立ち上がって、割れ鐘のごとき荒々しい声で猛々しく異を唱えた。

「古来より、当主の座は長幼の順に従って決めるのが理《ことわり》でござる。しからば、もっとも年長で思慮に優れる玄広恵探様こそが、当主にふさわしいと儂は考える」

たちまち座は凍りつき、ぴりぴりと空気が音を立てるような緊張感の中、しばらく誰も声を発することができなかった。

この瞬間から、それまで水面下で行われていた当主争いは表立ったものとなった。時は弱肉強食の乱世である。意見が食い違って争いになれば、結論を出す時に物を言うのは力だ。落とし前は互いの血をもってつけるよりほかにない。

何の結論も出ないまま物別れに終わった寄合のあと、太原雪斎の智謀は、まるで猟場に放たれた犬のように全力で疾駆しはじめた。

梅岳側についた家臣たちが恵探側に流れないよう、裏で手を回して結束を固めるとともに、恵探側の家臣を切り崩しにかかる。足利将軍からの偏諱を受けることは以前から内諾を得てはいたが、これの正式な確約を素早く幕府から受け取り、新たな「今川義元」の名を国の内外に向けて大々的に喧伝する。

北の武田信虎に対しては義元の名で挨拶の使者を送り、一時的な和睦を成立させた。東の北条家に対しても、北条氏綱への「お目通り」こそ行わなかったが、家督相続争いでは義元のほうを支持するという約束を即座に取り付けることに成功した。


ここまで素早く雪斎に手を回されていては、戦う前にもう勝負は見えたようなものだ。玄広恵探と福島家に、もはや勝ち目などなかった。

五月二十五日、追い込まれた恵探は、破れかぶれのように挙兵する。

かくなる上は義元本人を討ち取るよりほかになしとばかりに、恵探の手の者たちは今川館に奇襲をかけたのだが、この動きも雪斎にすべて筒抜けだった。突然の襲撃にも義元の手勢がまったく慌てることなく、思いのほか手際よく門を固めて頑強に抵抗したので、恵探と福島家の軍は攻めあぐねてしまった。

そうこうするうちに、包囲された今川館を救いだそうと、各地の義元派の家臣たちが自らの所領から続々と兵を送り始める。この時点でもう、勝敗は完全に決したと言ってよいだろう。

恵探らは義元を討ち取ることを諦め、居城の花倉城に戻って守りを固めるばかりだった。すっかり落ち目となった恵探を見限って、将兵たちは次々と恵探のもとを去っていく。城を支えきれなくなった恵探はとうとう六月半ばに花倉城を捨てて逃亡。しかしすぐに発見され、追い詰められた末に瀬戸谷の普門寺で自害した。


「恵探は、死んだのか」

戦況を報告にやってきた伝令に対して、義元があまりにも当たり前のことを尋ねるので伝令は困ってしまった。義元の質問の真意を測りかねて、これはどう回答すべきかと少しだけ逡巡したあと、口ごもりながら恐る恐る答えた。

「それは……はい。もはやここまでと覚悟をお決めになられた恵探様は、見事にご自害なされました」

「そうか。死んだのだな」

そう呟いたきり、義元はしばらくの間、ぼんやりと虚ろな顔で固まっていた。

恵探の軍勢が今川館を包囲した時の記憶がまだ新しい。雪斎は「心配ありません」と言って平然としていたが、塀を越えて矢がひゅんひゅんと射込まれ、兵たちがばたばたと倒れるさまを間近で見て、義元は生きた心地がしなかった。

一歩間違えば、自分のほうが恵探のようになっていてもおかしくなかった。

その事実を、義元は自分の中で必死に咀嚼していた。

禅僧・栴岳承芳として穏やかに生きてきたこれまでの人生と、たった一つ判断を間違えばあっさりと死ぬことになる、武将・今川義元としてのこれからの人生。

あまりにも違いすぎる二つの人生を切り換えるためには、若い義元の心にはもう少しだけ時間が必要だった。


その後、義元は恵探が籠城していた花倉城の囲みを解き、駿府の今川館への帰途についたが、その途中で気がかりな報告がやってきた。

「……援軍に来た北条氏綱殿が、母上とお会いしたいと申し入れているだと？」

「はい。此度は嫡男の氏康殿もご一緒ですので、顔見せも兼ねてぜひ、今川館にお伺いしてお話をできればとのことです」

それを聞いた義元の顔色が、やにわに険しくなる。

「母上はそれに対して、何も言わぬのか」

「はい。いたくお喜びで、それはよい機会だとご満悦のご様子とのこと」

いかに北条と今川の仲が深いとはいっても、今川家の本拠地である今川館に、北条家の当主とその息子が大軍勢をひき連れたまま、ずかずかと踏み込もうというのだ。いくらなんでも無神経すぎやしないか。そして、それに何の疑問も抱かず能天気に迎え入れようとしている母の態度にも、義元は強い不快感を覚えた。

「急ぎ今川館に行って、北条への返事はいったん待つようにと母上にお伝えしなさい。もう今川の当主は私じゃ。返事は私からするのが当然なのに、そんな勝手な真似をされては家臣たちに示しがつかぬ」

義元は近習⑧にそう命じると、自らも軍を急がせて今川館に戻った。そして寿桂尼に慌てて面会を申し入れた。

だが、寿桂尼はそんな義元に、逆に苦言を呈するのだった。

「せっかく氏綱殿と氏康殿にあなたを紹介できると思っておったのに、どうしたのです義元。氏綱殿はあなたの家督継承を支持してくださったうえに、自ら援軍まで率いて駆けつけてくれたのですよ。それなりの礼を尽くさねば失礼ではないですか」

義元はただでさえ母の勝手な振る舞いに苛立っているのに、そんな言い方をされて心底うんざりしてしまった。

「母上……もちろん私も、氏綱殿に対してきちんと御礼は申し上げます。ですが、それは今川館ではなく、しかるべき別の場所で行いますし、もう私が今川の当主なのにわざわざ母上まで出られては、家臣たちも戸惑いましょう」

抗議する義元を子供扱いするような口ぶりで、寿桂尼は言った。

「あなただけでは心配なのです義元。北条とともに歩んできた今川のこれまでの歴史の重みを、あなたは知らないのですから。うかつなことを言って氏綱殿を怒らせてしまったら一大事ですよ」

その言葉に思わず義元はムッとしたが、顔には出さず冷静に母をなだめる。

「大丈夫です母上。私ももう一八、立派な大人です。師匠にも傍らに控えて頂き、まずいことがあれば口を挟んで頂きますから、何の心配もございませぬ」

「いいえ。なりませぬよ義元。これまで今川を支えてきた私がその場にいなければ、きっと氏綱殿も自分が軽んじられたと気分を害されるはず。それで両家の友好にひびが入ってしまったらどうするのです」

結局、義元は強情な母を説得することができず、渋々寿桂尼を面談の場に連れて行くことにした。せめて今川館はやめてくださいと義元は懇願し、自分が生まれ育った場所で気持ちも安らぐからという理由をつけて、国境に近い善得寺で面談を行うことにようやく納得してもらった。

北条氏綱は自分が連れてきた大軍勢を善得寺周辺に駐留させると、義元と寿桂尼が到着する間際に、これ見よがしに盛んに篝火を焚いた。

「北条殿、此度は見苦しい家中の争いをお見せしてしまい、真にお恥ずかしい限りにございます」

会談が始まるなり、開口一番、挨拶もそこそこに義元はしおらしく頭を下げた。その言葉に、北条氏綱は鷹揚な笑みを浮かべながら応じた。

「いやいや。若い氏輝殿と彦五郎殿のお二人が同時に亡くなるなど、かような一大事が起これば多少の騒動は避けられぬもの。大切な御子を一度に失われた寿桂尼様のご心痛、まこと痛み入る次第にござる」

「氏綱殿には、いち早く私の家督継承に賛意を頂き、援軍までお送り頂きましたこと、この義元、心より御礼申し上げます」

大軍を引き連れて今川館に乗り込もうとした氏綱の振る舞いに、義元は心中穏やかならぬものがある。だが、この親善の席でそんな本音をおくびにも出すわけにはいかない。丁重に礼を述べた義元の態度を見て、氏綱はたちまち相好を崩した。

「ははは。お気になさらずともよい。寿桂尼様はこれまでずっと今川を支えてこられた偉大な御方で、北条の家中でも大変敬われておる。今川の当主は、寿桂尼様の御子である義元殿が継ぐのが当然じゃ」

その言葉に、寿桂尼がまるで媚びを売るように機嫌よく話を合わせる。

「ほほほ。氏綱殿にそう言って頂けるとはなんとも心強いですね、義元。これからも氏綱殿を父のように慕って、決して失礼のないようにするのですよ」

「ほら氏康、お主も義元殿に挨拶なさい。儂が義元殿の父ということであれば、お主は義元殿の兄じゃ。これからの両家を背負って立つ若い二人にこそ、仲良くしてもらわねば困るからな」


氏綱に促されて、後ろにずっと黙って座っていた若者が礼儀正しく頭を下げて歯切れよく挨拶をした。

「北条氏綱が嫡男、北条氏康にござります。義元殿には以後お見知りおきを」

なんとも武将には似つかわしくない、まるで婦人のような、というのが義元が氏康に抱いた第一印象だった。顔つきが優しいだけでなく体も細身で、こんな華奢な人間に当主が務まるのか、少し不安を覚えるほどだ。

すかさず寿桂尼が、氏康にも媚びるようなお世辞を言う。

「氏康殿のお噂は、駿河でもよく耳にいたしますわ。とても勇敢だそうですね。どんな激しい戦の最中でも決して後ろに下がらず、いつも全軍の先頭に立って采配を振るわれるので、家中の皆様の信頼も厚いというお話ですよ」

見た目に似合わず、ずいぶんと猛々しい評判を受けているんだな——

義元は意外な感じがした。だがそう言われてみると、顔つきが優しいので一見気づきにくいが氏康の目はぎらりと鋭い。駿河国まで伝わってくる武勇の噂というのも、あながち嘘ではないのだろう。少し話をしただけで、この男は信頼できると義元はすぐにわかった。

ただ、氏康に対してはむしろ好感すら抱いた義元だったが、寿桂尼がさっきから卑屈な態度を続けているせいで、今川家の当主としての責任感と矜持《きょうじ》からどうしても素直になることができない。

「ほら、義元も氏康殿のことをお兄様と呼んで、ちゃんとご指導頂くのですよ」

そんなことを言われてしまうと、絶対に頭など下げてたまるかという反骨心が生まれてくる。格下の北条ごときと対等の同盟関係を結んでいるというだけでも義元は気に食わないのに、氏綱と氏康を自ら進んで父と呼び兄と呼ぶなど、自分に仕えてくれている今川の家臣たちへの裏切りだと思った。

今川家の今後を考え、北条家との友好を重んじるのならば、ここは適当に話を合わせて軽く受け流すべき場面だろう。だが義元はどうしてもそうする気になれず、寿桂尼の言葉を無視して強引に話を変えた。

「我が今川は兄が病弱だったため、母もこれまでずいぶんと苦労をしてまいりました。私が家督を継ぎましたので、これでようやく肩の荷も下りて、これからはのんびり余生を過ごせることでしょう」

その言葉に、氏綱の眉がピクリと上がったのを義元は見逃さなかった。

「ははは。寿桂尼様はまだ余生などというお歳ではありますまい。家中の動揺が収まるまでしばらく時間はかかるであろうし、失礼ながら義元殿はまだお若い。内外の信頼が厚い寿桂尼様がお出にならなければ、家中がまとまらぬことも多いのではござりませぬか？」

そう言った氏綱の口調には若干の棘があった。寿桂尼も少しばかりムッとした顔をしている。何かを言われる前に、義元は先んじて深々と頭を下げた。

「ええ。私はまだまだ若輩者ゆえ、ぜひ氏綱殿のご指導ご鞭撻を賜りたく」

そんなふうに謙虚に出られてしまうと、なんとなく小言も言いにくい。寿桂尼は出かかった言葉を呑み込み、氏綱も気まずい話題を切り上げるため、いきなりなんの脈絡もなく、取って付けたように両家の親善を強調する言葉を発した。

「ま、北条と今川は一蓮托生でござる。わが父、早雲の代からの絆は深い。もはや一族も同然だと儂は思っておる」

「ええ。そうですよ義元。北条と今川の絆は、血のつながった兄弟のようなもの」

氏綱と寿桂尼がやたらと「絆」を強調するのが白々しくて、義元はすっかり馬鹿々々しくなってしまった。顔面にわざとらしい作り笑いを貼り付けながら、つい皮肉が口をついて出た。

「ははは、まさに我々は兄弟でござりましょう。さすれば『豆を煮るに豆殻を燃やす』などということもあり得ますでしょうなぁ。ははは」

おどけた口調で笑いながら言った義元の言葉に、氏綱は一瞬だけキョトンとした表情になった。だが、ほんの少し黙ったあとで、わざとらしいほどの大声で呵々大笑しながら言う。

「わははは。なるほどなるほど。義元殿はさすが京で学んだお方。なんとも含蓄のあるお言葉じゃ」

「ええ。義元は幼い頃から利発で、建仁寺でも将来を期待されておりましたのですよ。今川の家督を継いでいなければ、いずれ京都五山を束ねる国師になっていたかもしれませんʼ」

「ほほう。それほどの大器でございますか」

互いにおだて合う空虚な会話を繰り返す氏綱と寿桂尼の姿を、義元は口元の微笑を崩さぬまま、内心冷めきった目でじっと眺めていた。

「豆を煮るに豆殻を燃やす」というのは、中国の魏《ぎ》の国の詩人、曹植《そうしょく》が詠んだ詩の一節である。曹植は兄にその類まれな文才を妬《ねた》まれ、ある日兄から「七歩歩く間に詩を作れ。できなければ殺す」という無理難題を吹っかけられた。しかし曹植はひとつも動じることなく、即興でこの詩を書き上げて難を逃れたという逸話がある。

豆と豆殻は同じ根から生まれているのに、豆を煮るために豆殻を燃やす。

我々は同じ親から生まれた兄弟なのに、いがみ合って殺し合うなんて悲しいことではないですか――

そんな意味をもつ漢詩の一節を、義元は最大限の皮肉を込めて引用したのに、氏綱も寿桂尼も知ったかぶりをしてごまかしたのだ。

彼らは所詮、その程度の人間なのだ。義元は人知れず静かに母と同盟相手の器を見極め、そして自分は絶対にこうはならぬぞという決意を固めたのだった。

北条氏綱を見送ったあと、日も暮れて薄暗くなった善得寺の本堂で、明かりもつけずに義元はひとり座禅を組んでいた。静まり返る本堂は、風の音も聞こえない。

雪斎は邪魔をせず、少し離れたところからその後ろ姿をじっと眺めていた。

義元はこれからは当主として、にぎやかな今川館で多くの人に囲まれて暮らす。幼少時を過ごしたこの静かな善得寺に戻ることも、そう何度もないだろう。

兄の氏輝と彦五郎が亡くなって、もう三か月になる。玄広恵探との戦いに明け暮れた、目の回るように忙しい日々だった。

還俗して今川の当主を継ぐことを決意して、義元は頭を剃るのをやめた。まだ髪は中途半端な長さの総髪だが、じきに髷も結えるようになる。その頃にはもう、善得寺で暮らした穏やかな十年以上の月日はきっと遠い昔のことだ。

自分の気持ちに整理をつけるかのように長いこと座禅を組んでいた義元が、ようやく目を開き足を崩した。

「お別れは、済みましたかな」

雪斎が音もなく歩み寄り、義元にそう尋ねると、義元は答えた。

「ああ。禅僧の梅岳承芳はもうこの世にはいない。ここにいるのは、自らが生き残るために兄を殺した罪深き男、今川義元じゃ」

そう言った声は、諦めとも悲しみともつかぬ、なんとも乾いた響きがした。かといって決して腐っても折れてもいない。自分の中の何かを捨てて何かを残し、懸命に折り合いをつけた、強い意志のこもったひと言だった。

雪斎は満足げに何度もうなずき「よくぞご覚悟なされましたな」と優しく義元をねぎらった。明日から、この類まれな資質を持った今川家の当主と自分の、新たなる挑戦の日々が始まるのだ。自らの身を滅ぼしかねない危険な賭けだったが、やっただけの甲斐はあったと思う。未来への期待に、雪斎は秘かに胸を膨らませた。

だが、義元は座禅の足を崩したまま立ち上がることなく、さっきから焦点の定まらない目で、本堂の壁のほうを見つめている。雪斎は不審に思って声をかけた。

「いかがなされましたか？」

「……師匠」

「なんでしょう？」

雪斎が尋ねても、義元は何も言わない。その不穏な空気に雪斎は胸騒ぎがした。しばらく無言で佇んだあと、義元がゆっくりと口を開く。

「……私が将軍様から義元の名を賜った時、私はすぐにそれを広めよと命じたはずじゃ。なぜ言われたとおりにしなかった」

雪斎はぞくりと全身に鳥肌が立つのを覚えた。見ると、壁のほうをじっと見つめている義元の眼はとてつもなく鋭く、そして冷たい。

「私が将軍様の偏諱を受けていたと知っていれば、恵探も福島越前守も、自分には到底勝ち目がないと早々に悟り、当主になりたいという欲望を飲み込んで、何も言いださずに引き下がっていたはず」

「……」

「師匠。あなたはわざと、しばらくの間、私の偏諱を伏せておいたのだな」

ぼそりと呟いた義元の眼からは、敬愛する師匠であっても回答次第ではその場で斬り捨てるぞという、凄惨なまでの決意が見て取れた。

雪斎は即座に判断した。この聡明な御方には、下手に嘘をついてごまかすよりは、正直にすべてを話して素直に謝ったほうが得策だと。雪斎は慎重に言葉を選んで義元の問いに答えた。

「……ご明察にございります。そして、勝手にこのような振る舞いをしてしまいましたこと、万死に値するものとして、深くお詫び申し上げます」

深々と頭を下げる師匠に対して、義元はそのほうに目をやることもなく、相変わらずじっと壁の一点を凝視しつづけている。

「これを機に、災いの芽を全部摘んでおくべきだと考えたのか」

「はい。さすがは義元様。そこまでお見通しでございましたか」

雪斎は、一本取られたといった余裕のあるふうを装って微笑を浮かべたが、その実、冷や汗が乾いて背中がひんやりとするのを感じていた。

義元が看破したとおり、雪斎はわざと、義元が偏諱を受けたことの公表を遅らせていたのだった。

今川家の当主になろうという野心を一度でも抱いた者は、たとえ現在は諦めたとしても決して油断はならない。それは諦めたのではなく、今はその時ではないと時機を見送っただけだ。そしてその手の輩は、義元が危機に直面した時になって突如掌《てのひら》を返したように襲いかかってくる。

だからこそ、そんな不平分子はこの機に一掃しておくべきと考え、雪斎は恵探らが秘めたる野心を顕わにするよう、義元の力がわざと弱く見えるように細工をしたのだった。義元が足利将軍家の後ろ楯を得ていることは当然黙っていたし、家臣たちがあまり義元の支持に回っていないという偽の情報を、玄広恵探と福島越前守の周囲の者の耳に入れるよう盛んに工作をしていた。

「……兄上は、何も死ぬことはなかった」

深い悔恨の念がこもった義元の言葉に、雪斎は毅然とした態度で反論した。

「いいえ義元様、それは違います。この乱世において、そのような甘い考えでは明日はあなた様が首を取られることになりかねませぬぞ。血を分けた兄弟だからこそ強力な敵にもなりかねず、それゆえ、時には非情にもならねばならぬのです」

「そうだな。いまは『豆を煮るに豆殻を焚く』のが当然の世の中じゃ……」

そう言って義元が遠い目をしたので、危機は脱したかと雪斎は少しだけ安堵した。

やれやれ、本当に鋭い御方だ。これはめったに隠し事もできぬな――などと雪斎が考えていると、義元がとても小さな声で、ぼそりと言った。

「……師匠。もうひとつだけ聞きたいのだが、よいか？」

「はい？　何なりとお尋ねくださりませ」

「……」


自分から話を振っておきながら、やはりむっつりと黙りこくってしまう義元。

雪斎は嫌な予感がしつつ、「いかがなされましたか？」と尋ねたが、それでも義元はしばらく壁の一点をじっと凝視したまま微動だにしなかった。声をかけてよいものか雪斎が機をうかがっていると、義元は意を決したようにゆっくりと口を開いた。

「……師匠が、氏輝兄様と、彦五郎兄様を殺したのか？」

雪斎は息を呑んだ。

まずい、表情を殺さねば！　と瞬時に顔の筋肉を固くしたが、そのことが逆に内心の動揺をいっそう雄弁に物語ってしまっていたかもしれない。必死に平静を装いながら、雪斎は慎重に声を発する。

「何を……仰られるのです、義元様」

そう言っている声が、もう微かに震えてしまっている。

「殺したのであれば、正直に言ってほしい」

その言葉を聞いた刹那、雪斎の頭脳は熱を帯びるかと思うほどに激しく回転した。さっきと同様に正直に言って謝るが吉か、これは言わないで黙っておくが吉か。その選択を誤れば自分の命はこの場で消えるだろう。しかも躊躇せずに間を置かず即答せねば、怪しまれてしまって元も子もない。雪斎は瞬時に腹をくくった。

「……滅多なことを仰られては困ります。そのような恐ろしいことを、僧である私が考えるわけがございましょうか。そもそも、いったいどうやって私がお二人を手にかけることができましょうぞ」

「死ぬ前の二人の苦しみ方が、昔に本草(9)の書物で読んだ鳥兜《とりかぶと》の毒の効用とよく似ていた。それで、誰かが兄上たちに毒を盛ったのではないかと思ったのじゃ。もっとも怪しいのは武田だが、よくよく考えてみれば我ら兄弟も皆怪しい」

「まさか、そんな……」

するとき義元は、フッと悲しそうな顔をして軽くため息をつくと、

「まあ、よい。師匠が違うと言うのなら、違うのだろう」

と気持ちを切り替えるように言った。雪斎は改めて、この一八歳の若き今川の新当主の恐るべき勘のよさに戦慄した。

この御方に、嘘はつけぬ。

そして、嘘をつくのはこれで最後だ、二度目はないぞと自分自身を厳しく戒めたのだった。

死まであと二十四年

七年目　天文六年（一五三七年）　今川義元　一九歳

太原雪斎は地獄耳である。そして、おそろしく顔が広い。

彼のもとには、あらゆる消息筋を通じてさまざまな噂話が集まってくる。まるで蜘蛛の巣のように広がった雪斎の人脈は、京の公家や寺社だけでなく、臨済宗の宗門を通じて隣国の北条家や、敵対する武田家にもつながっている。

今川家の者であるが今川家とは無関係の禅僧でもあるという、便利な立ち位置を十二分に活用して、雪斎は驚くほど正確に世間の動向を把握していた。


「武田……信虎殿でございますか」

「ああ。どんな御仁なのか、よく知りたい」

義元がある日突然、最大の敵国である武田家の当主、信虎について教えてくれと言いだしたので雪斎は一瞬たじろいだ。だが、すぐに質問の意図を察して、義元が聞かんとするところを端的に答えた。

「話の通じる御方かどうかというご質問であれば、話はできる方です」
「母上は、あれは汚らわしい獣だ、人間ではない、と言って憚らないのだが」
「それは、寿桂尼様の目からご覧になられた感想でございましょう」

義元は、長らく続いた武田家との敵対関係に終止符を打てないものかと考えて、雪斎にそのようなことを尋ねたのだった。

信頼する同盟者であるはずの北条氏綱が、実は今川家を乗っ取ろうと企んでいるのではないかという疑念がぬぐえない。氏綱が伊豆・相模のたった二国で満足するような器でないことは、彼の代で名乗りはじめた「北条」という姓を見ただけで明らかではないかと義元は思っている。

北条家はもともと京にあって、伊勢家という[10]家名を名乗っていた。それを、鎌倉の地を押さえたのを機に、かつての鎌倉幕府の執権である北条氏にあやかって北条家と改名したのだ。

それはつまり、いずれ自分が東国の主になってみせるという、氏綱の自負と決意の表れだと言えた。事実、最近の北条家の兵の強さと国の充実ぶりには目を見張るものがある。氏綱が自分の娘を義元の妻として嫁がせ、それを契機に大量の家臣を送り込んで今川家の乗っ取りを図っているという噂も、雪斎の張った情報網を通じてしきりに義元の耳に入ってきていた。

実は雪斎も、武田との和平には賛成だった。

お家乗っ取りを防ぐために北条と距離を置き、場合によっては事を構えることも辞さないという方針に転換するのであれば、今までのように悠長に武田と戦っている場合ではない。そもそも、寿桂尼が北条にべったりなのは武田の脅威に対抗するためなのだから、武田との和平が成立するのであれば北条と同盟を結ぶ必要性自体がなくなるのだ。

とはいえ、雪斎は自説を押し通すために事実を大きくねじ曲げて伝えるような男ではない。ほんの少しだけは武田びいきの色をつけて、義元に説明した。

「信虎殿は、家督を争った叔父を勝山合戦で敗死させ、曲者だらけの国衆を斬り従えて甲斐国をまとめ上げた御方です。その手腕、かなりのものかと」

「その性が粗暴で傲慢であるという話をよく聞くが」

「それは受け取り方によりますな。たしかに信虎殿は、甲斐国を束ねる段階で従わぬ家をいくつか潰しておりますし、威を振りかざして周囲を押さえつけようとする性向がまったくないとは言えませぬ。ですがその程度のこと、このご時世では多かれ少なかれどの家でもあることです」

義元は黙ってうなずいた。自分だって兄の玄広恵探を殺し、重臣の福島家の力を削いでこの地位に座っている。信虎のことを粗暴で傲慢だと言うのであれば、自分もたいして変わらない。

「できることなら、母上には逆らいたくはないが」

顔をしかめてそう本音を漏らす義元を、雪斎は優しくなぐさめた。

「寿桂尼様の武田嫌いは骨の髄まで染み込んでおられますからな。義元様の苦衷のほど、お察しいたします。ですが、当主が義元様に代わったことで安堵している家臣たちも数多くおりますぞ。くれぐれも、心を強くお持ちくださりませ」

「ああ。心ある家臣たちの想いを汲んで、たとえ母上の気分を害することになろうとも自分の信じる道を貫くのが、今川の当主としての私の役目じゃ」

義元のところには最近、北条家におんぶに抱っこな今川家のあり方に疑問を抱く家臣たちの声が次々と届いていた。お主らはいったい、今までどこに隠れていたのかと義元が呆れるほどにその数は多かった。

もう十年近くもの間、今川家の実質的な主は寿桂尼であり、彼女は北条家に頼ることこそが今川の生きる道だと信じて疑わない。

寿桂尼は決して高圧的な君主ではない。女性ということもあって、むしろ柔和で物の言いやすいほうの主君だと言えた。寿桂尼自身、自分が独りよがりに陥ることを恐れていて、家臣たちに対しては忖度なく意見を言うようにと、日頃から口を酸っぱくして命じていた。

そういう意味では、家臣たちにちゃんと門戸は開かれている。

だが、かといって北条との関係に疑問を唱えると、寿桂尼がほんの少しだけ不機嫌になることを家臣たちは皆知っている。しかもそんな危険を冒してまで率直な意見を言ったところで、その意見が採用されることは絶対にないのだ。たとえ開かれているといっても、通ってもなんの意味もない危険な門戸を通る馬鹿者はいない。

結局それで、寿桂尼にとって不都合な真実は彼女の耳にはひとつも届かないのだった。これだけ広く意見を求めているのに誰も反対しないのだから、きっと自分の判断はそこまで的外れではないのだろうと、彼女もそれで自信を深めていた。

そんな状態が長年にわたり続いたことで、今川の家臣たちの間には鬱屈が溜まりに溜まっていた。それが当主交代と共に堰を切ったようにあふれ出し、義元のもとに一斉に押し寄せたのである。

「家臣の誰一人として母上の首に鈴をつけぬから、私がその役をせねばならぬ」

義元は不服そうにぼやいたが、雪斎はあっさりと「そんなものですよ」と言って家臣たちをかばった。

「彼らにも自分の命と生活がございます。真の忠臣は自らの命を捨ててでも君主の過ちを諫めるものだと言いますが、それをすべての家臣に求めるのは、さすがに酷にございましょう」

義元自身はすっかり武田家との和平に乗り気になっていたが、そのためには武田憎しで凝り固まってしまっている寿桂尼を説得しなければならない。義元は言い争いを好まず、無理に我を通すくらいなら自分が譲ってしまったほうが気が楽だという性分なだけに、真っ向から母と争うこの仕事は実に苦手で気が重い。さっきから下を向いてずっと考え込んでいる義元に、雪斎が声をかけた。

「信虎殿が信用できる人間かを、量りかねておられるのですか」

義元は疲れきった虚ろな表情で、ぽつぽつと吐き出すように答えた。

「ああ。これまでの方針を変えて武田と和平を結んで、結局武田に裏切られたでは済まされぬからな。信虎殿が信用できる男であると確信できねば、自信をもって母上を説得できぬ」

するとと雪斎は、事もなげに義元に言った。

「ならば、信虎殿とお会いになられますか？」

「え？」

「あれこれ想像を巡らせるより、会って話をすれば、人となりはすぐわかります」

「そんなことを言っても、会えるはずがないではないか」

「いえ、そんなことはありませんよ。武田だって別に今川だけを相手にしているわけではありませぬから、利を説いて呼びかければ、相手も人間です」

雪斎が言うには、甲斐国の臨済宗の寺の住職で、武田信虎のもとに出入りしている者が何人もいるらしい。その者たちを通じて内々に面会を申し入れれば、条件次第では信虎との面談も十分に可能だろうという。

気がつくと、義元は思わず身を乗り出していた。

「それは、ぜひ頼む。信虎殿がどんな男なのか、一度会ってみたい」

「ええ。本当に寿桂尼様がおっしゃるような獣のごとき男なのかどうか、ぜひご自分の目で見極めてくださりませ」

すると、義元は本音を漏らすようにボソッと呟いた。

「むしろ、信虎殿が汚らわしい獣であってくれたほうが、よほど気が楽なのだが」

それからしばらくの後、今川義元と武田信虎の秘密会談が、甲斐国の国境近くの禅寺で設定された。

義元も信虎もわずかな護衛を連れただけで、家中には行先は秘密としている。今川家にも武田家にも、戦で親兄弟を殺されて相手を憎んでいる家臣は山ほどいる。もし当主同士が秘かに友好に向けた話し合いを進めていると知れてしまったら、それだけで家中に余計な波風が立ちかねない。

約束の刻限よりもかなり早めに寺に着いたので、客間で待ち構えていた義元が、あとから来た信虎を迎え入れる形になった。

信虎が座につくと、義元は自分から先に頭を下げて礼儀正しく挨拶した。

「今川治部大輔《じぶのたいふ》義元にござります。以後お見知りおきを」

「武田左京太夫《さきょうのだいぶ》信虎じゃ。まずは今川の家督を継がれたこと、お慶び申し上げる」

そう言って頭を下げた信虎の穏やかな振る舞いを見て、義元は意外に思った。獣でもなんでもない、ちゃんと人間ではないか。

寿桂尼は日頃から、信虎は人の皮をかぶった虎じゃ、狼じゃ、かの者の侵入を許せば家は焼かれ家財も田畑も奪われ、女は犯され男は皆殺しじゃ、と放言して憚らない。聞かされていた信虎の姿と実物とのあまりの違いに、義元は母の言葉を鵜呑みにしていた自分の不明を恥じた。そして、虎狼だと聞かされていた人間が思いのほか礼儀正しくまともだったので、逆に好感すら抱きはじめていた。

「家中は、落ち着かれましたかな」

開口一番、いきなり信虎がそんな言葉で会話の口火を切ったので、義元は一瞬だけ身構えた。

だが信虎の表情を見ると、その問いで今川家の内情に探りを入れようだとか、そのような他意は別にないようだ。話のきっかけを作るための「最近調子はどうか」という挨拶程度の言葉だと気づいた義元は、にこやかに微笑んで答えた。

「当初はいろいろとございましたが、いまはもう家臣たちも心をひとつにして、この若輩者についてきてくれています。実にかたじけないこと」

すると信虎はわははと破顔一笑して言った。

「それは何より。お互いに、国衆をまとめ上げるのは骨折りですな」

信虎は目がぎょろりと大きく、第一印象はどこか酷薄な印象を受ける男だったが、笑うとやけに愛嬌のある顔になった。その屈託のない笑顔を、義元は意外そうにしばらく呆然と眺めていた。信虎はかまわずにぐいぐいと話を進める。

「で、義元殿。儂はくどくどと遠回しなやりとりは好まん。そちらのほうから、こうして会おうと言ってきたんだ。いったい何を考えている」

ものすごい単刀直入な男だな、と義元は思った。この無駄のない話の進め方から想像するに、恐ろしく短気でもあるのだろう。

信虎の態度は、受け取りようによっては無礼とも取られかねないものだったが、義元は別に腹は立たなかった。むしろ回りくどく言葉を飾ろうとしないのは、小細工をするつもりはないという意思表示とも言え、逆に信用できると義元は思った。

しばらく沈思したあと、義元はゆっくりと口を開いた。

「武田と今川で、和議を結びたい」

この男には、あれこれ言葉を尽くすよりも、結論から先に言ったほうがよかろう。そう思って義元が選んだその言葉を聞いて、信虎の片眉がぐっと上がった。

「長い間、武田と今川は互いに殺し合い憎み合ってきましたが、実に不毛なことだとは思いませぬか。血塗られた歴史は、母と兄の代で終わりにしたいのです」

「ほう」

信虎は意外そうな顔をしたが、決して嘲るような様子ではない。義元の言葉をどこまで信じてよいかを必死に推し量っているようだ。義元は、こういった類の男は利をもって説くのが一番響きそうだと考えて言った。

「我々今川にとって、三河を制することは父祖以来の悲願でございます。武田家も、諏訪の国衆や信濃の村上との戦いは避けて通れぬものでしょう。武田と今川が争いを止めて手を組めば、今川は三河の支配、武田は信濃の攻略に、それぞれ専念できます。それは互いにとって大いに利となることではございませぬか」

「ふむ、なるほどな」

義元の説明に、信虎は確実に食いついたようだった。この調子でいけば、自分の思うがままに信虎を操り、話を進めることもできそうだと義元は心の中で秘かにほくそ笑んだ。

ところが、そんな彼の甘い思惑は信虎の次のひと言ですべて吹っ飛んでしまった。

「……ふふふ。武田は信濃の攻略に専念か。よくも言ったものだ」

「え？」

「ははは。義元殿はどうせ、もしも北条が今川に牙を剝いてきた時の抑えとして、武田を楯に使いたいのであろう」

「……‼」

義元は必死で心の動揺を抑え込んだ。

しかし、年齢の割には老成しているとはいえ、彼もまだ若い。自分の思惑がすっかり信虎に見透かされていたことを知り、戸惑いの表情を完全に隠すことはできなかった。それを見て信虎は、ククと含み笑いを漏らしながら言った。

「だが、その読みは悪くないな義元殿。外から見ているほうが、当事者よりも物がよく見えているということもある」

「え？」

「儂などの目からすると、どうして寿桂尼殿はこんなにも北条氏綱殿を頼りきって安心していられるのか、不思議でならなかったところだ」

今川は他国の者にまでそんなふうに見られていたのか——義元は急に自分の母のことが恥ずかしくなってきた。ここまで何もかもお見通しであれば、もはや下手に取りつくろうよりは、素直に本心を打ち明けて腹を割って話をしたほうがよさそうだと思った。

義元は最初、信虎の笑い声に合わせて自分もフフフと不敵な笑みを浮かべた。それは動揺を隠し、余裕のあるふりを装うための精いっぱいの演技だったのだが、笑っているうちに、必死でそんな虚勢を張っている自分自身がなんだか滑稽になってきて、心の底から自嘲的な笑いが込み上げてきた。

「はは、ははははは。さすがですな信虎殿。すべてお察しのとおりでございます。私の祖母は北条の人間。それ以来、今川と北条はともに手を携えてきたつもりでしたが、たとえ血のつながりがあっても決して油断できぬのが昨今の世のならい。

私自身、『豆を煮るに豆殻を燃やす』といった業を背負って、いま当主の座におります。それゆえ、今川の家を北条から守るために、ぜひ武田殿と誼を結んで、お力をお借りしたい。それが私の、偽らざる本音でござる。されどもこの話、武田にとっても決して損な話ではありますまい」

敵国の当主を相手に、隠さずに本音をすべて語らねばならない屈辱。

それはひとえに、どうしようもない今川の弱さが原因だ。さあ嗤うがよい信虎と義元は半ばやけくそのような気持ちになり、逆に胸を張って信虎を睨みつけたのだが、なぜか信虎はポカンとした表情で義元の顔を眺めている。

どうなされたか、と義元が声をかけると、信虎はまるで子供が親にものの名前を聞く時のように、なんのこだわりもなく素直に義元に尋ねた。

「……義元殿？　なんでござるか、その『豆を煮るに豆殻を燃やす』というのは？」

「はぁ？」

あまりにも無邪気に信虎がそう尋ねてくるので義元は驚いた。その言葉の由来を丁寧に説明してやると、信虎はガハハと大笑いした。

「いやはや。さすがは足利将軍家の血を引く今川の当主様でござるなぁ。応仁の乱よりこのかた、何人もの公家や名のある僧たちが今川家を頼って駿府に流れてきていると聞くが、きっと京の雅な文化と深い学識が、貴家のご家風として確かに息づいているのであろうよ」

そんな信虎のあっけらかんとした態度を見て、義元は思わず言葉を失った。

会見を終えて駿府に帰る道すがら、義元は馬を並べる傍らの雪斎に向かって小声で呟いた。

「私は、武田と同盟を結ぶぞ」

強い決意のこもったその瞳を見て、雪斎は目を細めた。

「お会いになられて、印象が変わりましたか？」

「うむ。やはり会って話をせねば人はわからぬ。あの男は利のために残忍になれる人間かもしれぬが、利のために人を騙す人間ではないと私は見た。あれならば血のつながった北条などよりも、よほど信用できる」

「血のつながりなどは、たいした問題ではございませぬ。ないのなら作ればよいだけのこと。信虎殿には、義元様と同い年の娘御がいらっしゃいます。その娘御を正室として今川家にお迎えなされませ。ただ、そのためには――」

雪斎の言葉が終わるのを待たずに、義元は答えた。

「ああ。母上だな。だが今川の当主はこの私。口出しはさせぬ」

案の定、武田信虎の娘を娶るという話を切り出すや否や、寿桂尼は卒倒せんばかりに驚き、気狂いのように甲高い声で反対だとわめき立てた。

「いけません。絶対にいけませんよ！……ああもう、今川もこれでおしまいです」

「母上、落ち着いてください。信虎殿だって周囲に多くの敵国を抱えた、我々と同じ大名家の当主です。互いの利害が一致すれば、戦いを止めて誼を結ぶことはできるはずです」

「そんなわけがありますか！　義元、あなたはあの男の残虐さを知らないから、そんな呑気なことが言えるのです。ああ、武田と今川が秘かにこんな相談をしていると氏綱殿に知れてしまっては一大事。絶対に秘密にせねば……」

義元はもともと他人と言い争うことが大の苦手だが、それでも家臣たちのために自分がしっかりせねばと、泣きそうな顔で必死に母に食らいつく。

「母上！　母上は北条を頼みにしすぎです。北条は今川に取り入って、いずれ家ごと乗っ取るつもりなのです。家臣たちの多くがそれを危惧しておりますし、他国でも皆がそのように噂しておりますぞ」

「何を言うのですか義元！　そんな血迷ったことを言っているのは、あなたの取り巻きだけでしょう。……まったく、あなたがこんな馬鹿な子だとは夢にも思いませんでした。承菊殿。あなたという人が側についていながら、なんたるざまです！」

雪斎はこの時はまだ、九英承菊という法名を名乗っている。

寿桂尼は、雪斎はたかが息子の教育係にすぎないのだから、自分が激しく叱責すれば逆らわずに言うことを聞くだろうと思っていた。

だが雪斎は、微塵もひるむことなく、落ち着き払った声で寿桂尼に反論した。

「寿桂尼様。恐れながら、此度のことは拙僧も義元様のお考えに賛同しております」

「なんですって？」

「北条はもともと、先代の早雲殿の頃から東国の覇者たらんとする野心を抱いておりました。氏綱殿はその本心を決して外で露わにすることはありませんが、拙僧が相模・伊豆の禅寺を通じて聞いたところによると、いまや北条の家中では今川のことを、さも北条の配下であるかのように語っているとのことです」

「それは、あなたがそういう噂話ばかりを集めてくるからです！」

「それを仰るのならば、寿桂尼様も同じでしょう。武田が犬畜生にも劣る者たちで、北条がいかに今川を大事にしているかといった噂話ばかりを、あなた様は好んでお聞きになられておりますぞ」

「な……！　ぶ、無礼者ッ！　誰か、この外道坊主をつまみ出しなさい！」


しかし、寿桂尼がいくら叫んでも、立ち上がる近習は一人もいなかった。

すでに義元と雪斎は、水面下で家臣たちの支持を取り付け、寿桂尼に近い家臣たちもことごとく切り崩して、すっかり自分たちの側に引き込んでいた。

自分に代わって雪斎が寿桂尼をやり込めてくれたことで、義元もようやく自信と落ち着きを取り戻すことができた。ふうと軽くため息をひとつつくと、義元は憐れみを込めた声で寿桂尼に宣告した。

「母上。今川家の当主は私でございます。氏輝兄様は一四で当主になられましたから、母上のご後見も必要でしたでしょう。しかし私はもう一九。母上のお力がなくとも、家臣たちに支えてもらって立派にやっていける歳です」

「う……」

寿桂尼は言葉に詰まりながら、悔しさと憎しみのこもった眼でこちらを睨んでくる。その様子を悠然と眺めながら、雪斎は自分の読みが当たっていたことに秘かに満足していた。

こうなるのがわかりきっていたから、私は義元様が後見を必要としない歳になるまで、氏輝殿と彦五郎殿を手にかけるのをじっと待ったのだ——

「今に見ていなさい義元！　北条を捨てて武田と結ぶなどという馬鹿なことをして、痛い目を見てから後悔しても遅いのですよッ！」

そう言ってギャアギャアとわめき続ける寿桂尼に向かって、義元は静かに深々と頭を下げると、二度と目を合わせることもなく部屋をあとにした。

最大の反対者を抑え込み、今川家と武田家の婚姻話はとんとん拍子に進んだ。

武田信虎の娘の定恵院《じょうけいいん》が義元の正室として迎え入れられることとなり、輿入れは天文六年（一五三七年）二月と決まった。これにより今川と武田の長きにわたる抗争は終止符が打たれ、これからは同盟者として、外敵が現れればともに手を携えて戦うことを約束し合ったのである。

信虎と義元の最初の出会いは秘密裏の会談だったが、婿と舅の関係になったいま、二人は誰にも気兼ねすることなく、互いの国を行き来することができる。

思慮深く控えめな義元と、豪快で押しの強い信虎はまるで正反対の性格だ。だが、それで水と油のようになるのかと思いきや、予想に反して婿と舅の仲はすこぶる良好だった。

信虎のように単純で豪快に生きられたらと、義元は心のどこかで羨む気持ちがあるし、信虎は信虎で、自分も婿殿のように学識深く雅であらねばならぬと思っているので、扱いには自然と尊敬の念がにじみ出る。互いに自分にないものを持っているので一緒に話しているといろいろな面白い発見があり、刺激が多い。

二人はすっかり意気投合し、ついには信虎は義元に対して、酒の席で酔っぱらってこんな愚痴までこぼすようになった。

「まったく。うちの跡継ぎも、義元殿のような気持ちのいい若者に育ってくれればよかったのに」

かん」

「晴信《はるのぶ》殿でござりますか？」

「ああ。あ奴はいつもむっつりと、不満そうな目で儂のことを睨んできおる。そのくせ自分の殻に閉じこもって、決して心のうちを明かそうとはせん。そこそこ知恵が回るのはまあよいとしても、奴はとにかく、人としての根元がねじ曲がっておるからいかん」

信虎がそう言って散々にこき下ろす跡継ぎというのは、義元よりも二歳年下の武田晴信、つまり後の名将・武田信玄のことである。

二人きりで酒を酌み交わしている最中の言葉であり、近習も少し離れたところで控えているので、二人の小声の会話は聞き取れない。それでも、自分の家庭事情をそんなベラベラと他家の前で話してしまってよいものだろうか。

義元は晴信をとりなすように慌てて口を挟んだ。

「どの親も、跡継ぎのことはどうしても厳しい目で見てしまいますから、頼りなく見えてしまうのも当然の親心でしょう。晴信殿はいずれ武田の家を背負って立つお方ですから、両家が末永く同盟を維持するためにも、ぜひ一度お会いしてみたいものですな」

「ふん。あいつが儂の跡を継ぐかどうかも実際わからんがな。義元殿がそう仰るのであれば、一度くらいは顔合わせをして頂くことにするか」

見るからに気乗りしない様子の信虎の表情を見て、雪斎から聞いていた噂は本当なのだな、と義元は思った。信虎は嫡男の晴信を毛嫌いして弟の信繁《のぶしげ》ばかりをかわいがっており、いずれ晴信を廃して信繁のほうに家を継がせるのではないかという噂が、まことしやかに囁かれている。

その後ほどなくして次の会談の場が設定され、今度は晴信も一緒に出席することになった。

思えば義元は生まれてこのかた、師匠の太原雪斎をはじめ、ずっと年上の師僧とばかり話していて、同年代の人間と話をした経験があまりない。あの舅殿がそこまで毛嫌いする武田晴信とはいったいどんな男なのだろうかと、義元は緊張した面持ちで会談場所とされた寺に向かった。

「おお、婿殿。よくぞお越しになられた。さあさあこちらへ」

信虎は肩を抱きかかえんばかりの勢いで義元を迎え入れ、強引に上座に座らせた。そして自分は下座にどっかりと腰を下ろすと、その脇でむっつりと押し黙っている若者を紹介した。

「武田大膳大夫《だいぜんのだいぶ》晴信にござる」

晴信はボソボソとつまらなそうに名乗っただけで、よろしくのひと言もない。すかさず信虎が晴信の背中をバンバンと乱暴に叩いて無礼を咎める。

「これ！　婿殿にもっと愛想よくせんか！　まったく。婿殿とお主はたった二歳しか違わんのに、少しは婿殿を見習ったらどうじゃ」

にこやかに感じよく挨拶を返した義元と比較して息子のことを叱りはじめたので、義元もなんとなく居心地が悪い。慌てて義元は話題を変える。

「晴信殿は、妻と大変仲がよかったそうですね。妻がいつも晴信殿のことを嬉しそうに話すので、お会いするのがとても楽しみでした」

「姉上は、お変わりありませんか」

「ええ。せっかく山国の甲斐から駿河に来られたのだからと、三保の海にお連れしたら、大変嬉しそうにお付きの者たちに貝殻を集めさせていましたよ」

「ああ、あの貝殻はその時のものでございますか！」


姉の話を振った途端、晴信の顔がパッと明るくなり、最初に口を開いた時のおどおどした雰囲気が一変した。義元はなるほどなと納得した。

義元の正室になった晴信の姉、定恵院がよく言っていた。

「晴信は人見知りで、すぐに内に籠りたがる質なんです。でも、思慮深くて人をよく見ていますから、きっとよい当主になりますよ。打ち解けてしまえば普通の子ですから、初めはほんの少しだけ辛抱してあげてくださいな」

その慈しむような口ぶりだけで、この姉弟がとても仲がよいことは義元にもすぐにわかった。晴信と会ってすぐ、なるほど妻の言うとおりだと察した義元は、しばらく妻の話を続けることにした。不愛想だった晴信が、徐々に饒舌になる。

「姉上が先日、海のない甲斐では珍しかろうと、私に大量の貝殻を送ってくださったのです。数えてみたら三千と七百枚もありました」

「ほう」

海に面した駿河で育った義元には、貝殻などなんの面白味もない。いかにも山国育ちの人間らしい、なんとも微笑ましい話である。義元が楽しげに相槌を打つと、晴信は夢中で話を続けた。

「そこで、それを部屋に広げて、何枚あるかと家臣たちに尋ねてみたのです。すると誰もが、一万五千だとか二万だとか、とんだ見当違いの数を言うのですよ」

「ははは。案外、数を当てるというのは難しいのですな」

「ええ、そうなのです。人の目分量というのもまったく当てにならぬのだなと。それで私は、戦場に敵兵が何人いるかという見立ても、いくらでも騙しようがあるのだとわかったのです」

晴信はそう言って無邪気に笑ったが、この話を聞いた義元の心中は穏やかではなかった。

他愛のないお遊びの態で晴信は語っているけれども、これ、実はとんでもないことを言っているのではなかろうか——

書物を読んで、そこで得た知識こそが学問であると得意げに語る者はいくらでもいる。だが、学問とは本来、周囲を観察してそこに隠された真理を見出し、それを自らの糧にすることではなかったか。晴信が無意識のうちにやっていることは、まさに学問そのものだと義元は思った。

この男、かなり頭は切れる。おそらく信虎殿よりもずっと上だ。

それは同盟者としては心強くもあるが、実に厄介でもある——


しばらく一緒に話をしただけで、義元は晴信がとてつもなく賢い人間であることを理解した。信虎も相当に頭のいい人物ではあるが、彼の場合は頭脳の回転が速いというよりは、鉈で割ったように物事を大雑把に切り分け、大事でないところは放っておき、勘所だけをきっちり押さえることができるといった「頭のよさ」である。それに対して晴信の「頭のよさ」は、信虎のものとはかなり違う。

晴信は単純に頭の回転が速いだけでなく、観察力が尋常ではなかった。

周囲の環境のちょっとした変化や、話している相手の表情の些細な動きなどを感じ取り、そこから真実を推測することに晴信は長けている。きっと彼は、自分などよりも数段きめ細かく見える世界で暮らしているのだろう。

それと、性格も父とは正反対だ。

たしかに信虎には、利によって動き、自分に利がなくなった途端に平気で相手を切り捨てる冷酷な一面がある。だが、あれこれ策を弄して他人を陥れたり、相手を騙して自分に有利な状況に持ち込んだりといったことはしない。だからこそ義元は信虎を信用し、長年の遺恨を水に流して婿と舅の関係になることを選んだのだ。

一方で義元の見るところ、息子の晴信には父とはまた違った冷たさがある。この男はおそらく、他人を騙すことにそこまで罪悪感を抱かない質だ。

もちろん、普段から軽々しく人を騙していれば信を失っていずれ身を滅ぼすが、この男は賢いから、普段はきちんと信義を重んじるはずだ。それで、ここぞという時にだけ、自分も不本意であるが仕方がないといった善人面を浮かべながら平気で人を騙すことができる。そういう類のしたたかさを持ち合わせた男に違いないと義元は思った。

信虎が健在なうちはいいだろう。だが、四四歳の信虎は、あと十年もしないうちに隠居するはずだ。そのあとは泣いても笑っても、この抜身の刃のように鋭い頭脳を持つ同年代の晴信と、同盟者としてずっと仲良くやっていかねばならない。

これは、骨が折れそうだな――。

とはいえ、この晴信を敵に回して戦うよりは、曲がりなりにも同盟者であるほうがよっぽどましだろうと、義元は自分で自分をなぐさめることにした。


かくして、武田家と今川家は新たな一歩を踏みだした。

問題は、長年の同盟者である北条家との関係である。

この時代、各地の有力者が自らの身を守るため、二重三重に周囲の他勢力と同盟を結んだり婚姻を行ったりすることは別に珍しいことではない。それでも、武田は長年の共通の敵だっただけに、北条にしてみたら今川に裏切られたように感じるのもやむを得ないだろう。

義元は極秘裏に武田家との婚姻を決めたあと、すぐさま北条氏綱に面談を申し入れた。言いにくいことだが、せめて誰よりも先に自分の口から伝えるのが仁義だろうと思った。

義元の説明をずっと冷ややかな表情で聞いていた氏綱は、説明が終わるや否や、ばっさりと斬り捨てるように言った。

「それは、北条とは手を切る、ということでござりますな」

見るからに不機嫌な氏綱の口調に、義元は胃がむかむかするのを感じた。冷たい反応は覚悟していたこととはいえ、やはり気まずい。

「いえ、違います。我が今川は父が病に倒れ兄は病弱で、不安定な状態が長年続いておりました。もはや今川に、戦にかまけている余裕は残されていないのです。それゆえ武田とも和平の道を探ろうと考え、このような仕儀に相成りました」

「ふん。いくら言葉を飾っても無駄でござるよ義元殿。貴殿の薄汚い魂胆は見え見えじゃ。今川がそう出るのであれば、北条もそれなりの対応をさせて頂く」

「そんな……違うのです氏綱殿。私はただ、平和と安定を……」

「くどいッ！」

必死に弁明しかけた義元の言葉も聞かず、氏綱は一方的に席を立って、どすどすと乱暴な足音を立てながら去ってしまった。そして翌日にはもう、その話をどこからか聞きつけた寿桂尼が、血相を変えて義元のもとに殴り込んできた。

「私は忙しい。理由をつけて母上にはお引き取り頂いてくれ」

義元は面倒くさそうな顔で近習にそう命じたのだが、近習は半泣きになりながら、それはできませぬと答えた。

なんでも、寿桂尼はものすごい剣幕で近習を叱りつけ、木綿の白襷を手に、義元が会わぬと言うのであれば、私はこの場で首をくくって死にますなどとわめき立てているらしい。とても家臣たちでは手に負えなかった。

仕方なく義元は寿桂尼を部屋に招き入れ、不機嫌そうに尋ねた。

「で、母上はどんなご用件で？」

「言わずともわかっているでしょう義元。とぼけるのはおやめなさい」

「しかしですね母上、氏綱殿はかねてより、今川を取り込もうと陰で企み、兵を揃えて――」

義元が言い終わるよりも先に、甲高い声で寿桂尼が一喝した。

「お黙りなさい！　氏綱殿が兵を揃えているのは、主君である足利晴氏様をお支えして、幕府に従わぬ不届き者どもを成敗するため。決して私利私欲のためではありません。それをあなたは、今川を取り込もうと企んでいるなどとは、なんたる言い草ですか。口を慎みなさいッ！」

義元は寿桂尼の剣幕に、心底うんざりしてしまった。

以前に北条との関係を義元に批判されたことで意固地になり、寿桂尼はすっかり視野が狭くなってしまっている。もはや彼女の耳には自分に都合のよい話しか入ってこない。義元は雪斎と一緒になって寿桂尼を必死になだめたが、一刻ほど頑張っても寿桂尼の認識を変えることはできなかった。最後は寿桂尼も疲れきって、目に涙を浮かべながら、

「もう、勝手にしなさい……今川は終わりです。みんな死ぬのです。それはすべて義元、あなたが悪いのです。何もかもが、私の言いつけを守らなかったあなたのせいですからねッ！」

という呪詛の言葉を言い残して帰っていった。

やっとのことで寿桂尼が帰り、騒がしかった部屋はしんと静かになった。赤い西日が差し込む部屋で、義元はがっくりと肩を落とし、長いこと動こうとしなかった。

「どうして、わかってもらえぬのだろうか」

ぽつりと本音を吐露したら急に感情の波が込み上げてきて、義元はズズッと鼻をすすり、二度ほどしゃくりあげた。

「私がこんなにも今川のためを思って、考えうる最善の手を打っているのに、どうして母にわかってもらえぬのだろうか」

いかに義元が聡明であろうと、彼はまだ一九の多感な青年である。今川家の当主になってから、まだ一年かそこらしか経っていない。争いごとを好まぬ温和な彼にとって、母からの辛辣な言葉は何よりも堪えた。

「寿桂尼様は不安に耐えかねて、目の前にある何かにすがりたいのでしょう」

「それにしたって……私の話を聞こうともせず、ああも一方的に」

「お忘れなされませ。どのように説いたところで、わからぬ人にはわからぬのです」

「私は最初から当主などやりとうなかったのだ。今すぐ逃げだしたい。もう嫌じゃ。もう……」

だが、そう言って泣き崩れる義元に、雪斎は決して甘い顔は見せなかった。

「善事をなして悪く言われるのが、真の王者というものでございますよ」

雪斎がそうなぐさめると、義元は何も言わずに泣きじゃくり続けた。


運命はその後も、さらに冷酷に義元を追い詰めていく。

前年の後半に武田との婚姻話がまとまり、二月初旬に定恵院が今川家に輿入れして、その祝賀の空気も冷めやらぬ二月の末のことだった。相模との国境から大慌てで駆けてきた早馬の一報が、今川館を震撼させた。

「北条が……今川領に攻め込んできただと⁉」

母にあれだけ逆らった手前、一番起きてほしくなかった事態が現実のものとなってしまった。顔面蒼白になってぶるぶると震える義元のもとに、今度は西のほうからさらなる悪い知らせが届く。

「遠江の堀越と井伊、三河の戸田と奥平が、今川を裏切りました！」

「なんだと⁉」

遠江より西側はもともと今川家の支配がそれほど強固ではなく、国衆や地侍たちはしばしば今川に反旗を翻した。しかし、それにしても北条の侵攻とほぼ同時に一斉に裏切るとは、あまりにも手際がよすぎる。義元は思わず傍らにいる雪斎の顔を見た。

雪斎は厳しい表情のまま、ゆっくりと言った。

「氏綱殿が以前から裏で手を回していたと見て、間違いないでしょう」

「やはりそうか」

「これは……氏綱殿は本気で今川を滅ぼしに来ていますな。義元様、ここが正念場ですぞ。これを乗り切らねば、今川は滅びます」

義元の人生で、最初の試練が始まろうとしていた。

死まであと二十三年

十一年目　天文十年（一五四一年）　今川義元　二三歳

「今すぐ信虎殿に援軍の依頼を送れ！　今すぐじゃ！」

「寝返った遠江と三河の連中はしばし捨てておけ。奴らは流れを見て有利なほうに味方するだけの節操のない輩だ。ここで多少は土地を切り取られたとしても、我々が北条を押し戻して戦いの潮目が変われば、奴らは何もせずとも自分たちのほうから今川方に戻ってくる」

「まずは何よりも時間を稼げ！　徹底的に守りを固めて、決して打って出てはならぬ。すぐに武田の援軍が来るから、それまでの辛抱である！」


四年前のあの時、今川家の存亡がかかった極限状況の中で、自分が矢継ぎ早に出した指示は我ながら的確だったと義元は思う。

義元は西をすっぱりと諦めて反乱軍のやりたいようにやらせておき、東の北条との戦いに全力を注いだのだ。それによって今川軍は、侵攻してくる北条軍を富士川の線でかろうじて食い止めることができた。北条は富士川の東側の河東と呼ばれる地域を占領したものの、駿河本国まで侵入することはできず、武田の援軍が到着したのを見て矛を収めた。義元の読みどおり、北条が静かになれば三河と遠江の造反はすぐに鎮圧された。

結果だけを見ると、義元が武田信虎の娘を娶ったことに端を発する今川と北条の戦い「河東一乱《かとういちらん》」は、今川の大敗北に終わっている。

だが雪斎は、河東を失ったとはいえ、北条に攻め滅ぼされなかっただけでも良しとすべきです、と義元のことをなぐさめた。それは義元自身にもよくわかっている。限られた兵力を東西に分散せざるを得ない苦しい戦いで、よくも滅ぼされずに生き延びたものだと自分でも思う。あの時の自分は最善を尽くしたと思うのだが――

それでも母上は、氏綱殿が悪いのではなく、私が北条を怒らせたせいでこんなことになったと言い張るのだろうな。

そう思うたびに、義元は胃のあたりがどんよりと重くなる。

北条が今川に攻めてきたという事実はもう動かせないし、河東は北条に奪われた。義元がどんなに弁明しようと、寿桂尼は絶対に許してはくれないはずだ。何も知らぬ部外者たちもどうせ、やれ名門今川家の凋落じゃ、やれ最近流行りの下剋上じゃ、若き当主の方針変更が裏目に出たのじゃ、などと無責任なことを囃し立てて義元の不明をあざ笑うのだろう。

「なぜじゃ……私は正しいことをやっているはずなのに、なぜこうなる……」

義元はあまりの不快感に、少しだけ胃の中の物が戻ってきて思わず顔をしかめた。


そんな苦汁を味わってから四年。

この間、義元は奪われた河東を奪還しようと何度も北条氏綱に戦いを挑んだが、すべて跳ね返されていた。

今川は、弱いなぁ――

周囲に雪斎しかいないことを確かめたうえで、義元はそう嘆いて深いため息をついた。

「いちいち国衆の意向を伺わねば、兵も集められぬ。これでは北条ばかりか、武田との差もどんどん広がっていってしまう」

雪斎は気の毒そうな顔をして、若き当主をなぐさめた。

「仕方ありませぬ。今川は代々、駿河国の守護に任じられた由緒ある家柄。しがらみの多さは家柄の重さの表れでもありますゆえ」

「家柄の重さか……そんなもの、このご時世でなんの役に立つというのか」

今川家の弱さは、ひとえに今川家の古臭い家風にあると義元は思っている。

幸か不幸か、今川家はこれまで国中がバラバラになるような内乱に陥ることはなかった。しかしそのせいで、家中には鎌倉時代から続く古臭いやり方が壊されず、いまだに色濃く残っている。義元が戦を起こそうと思ったら、まずは家臣に戦の趣旨を説明し、出陣に了解を得なければならない。時間もかかるし、人数集めは家臣次第なので、いざ出陣の段階になって誰も集まらなかったという事態もあり得る。

北条や武田などは、当主の号令ひとつですぐに兵が集まり、東西どこにでも自由に動かすことができる。他家の家臣団の鉄の結束と比べれば、今川のやり方はいかにもぬるく、貧弱だった。

そんな今川の家風を変えようと、義元は雪斎の助言を採り入れながら必死でさまざまな取り組みを進めているが、いまだそれは目に見えた成果となって現れてはいない。義元が変革を呼びかけても、それを実行に移す重臣たちの反応がどうにも鈍いのが悩みの種だ。

「こうも物事がうまく進まないと、武田と結んで北条と喧嘩別れしたあの時の判断が本当に正しかったのか、時々わからなくなる」

そう言って力なく笑う義元を、雪斎は元気な声で励ました。

「あの判断が誤っていたら、家臣たちは黙っておりませぬ。ご安心くださりませ、誰からも不満の声が上がってこないところが、義元様の選択の正しさの何よりの証です」

「それは、私の前では恐ろしくて誰も本音を言わぬだけじゃ」

いやいや、市井の人々の噂話でも、義元様はよくぞ北条を防いだという評判ばかりですぞと雪斎は言ったが、義元は頑なにそれを耳に入れようとはしなかった。

「よいのじゃ。自らへの戒めとして、あえてそのような声は聞かないようにしている」

決して気を緩めようとしないそんな若き当主の姿を見て、雪斎は満足げな表情を浮かべた。


その日も義元は、富士川のほとりで北条の軍と対峙していた。

今川軍が富士川を渡って河東に侵入すると、すかさず北条の兵が駆けつけて乱戦になる。もう何年も変わらず延々と繰り返されている小競り合いだ。

「今日は、氏康殿が出てきているのか」

義元がそう言うと伝令は驚いた顔で、なぜご存じで？　と尋ねたが、義元は苦笑しながら答えた。

「氏康殿が軍を率いている時は、喊声《かんせい》が近くに聞こえる。毎度のことなので、私もすっかり覚えてしまったわ」

義元はそう言って、傍らに控える雪斎のほうを向いた。雪斎は僧の身でありながら袈裟の下に甲冑を着込み、義元が出陣する際には必ず傍らに付き従っている。

「最近、氏康殿が出陣することが増えたような気がするな」

「次期当主として、実戦の経験を積ませようとしているのでしょう。氏綱殿も、体調を崩されて先は長くないとの噂もありますからな」

「なんだって？」


あいかわらず雪斎は地獄耳だ。

不都合な事実を北条家がどんなにひた隠しにしても、城に出入りする僧を締め出すわけにはいかず、そして第三者である僧には誰もが心を許して、ほんの少しだけ真実のかけらを漏らしてしまう。

かけらのひとつひとつは断片的でまったく意味を持たない。だが、各地の寺に集まったそのかけらを雪斎がかき集めてつなぎ合わせた時、雪斎だけが知りうる実態が克明に浮かび上がるのだ。

「ということは、これから私はいよいよ氏康殿を相手に戦わねばならぬのか……」

義元は顔をしかめた。

家督相続を決めた直後、初めて会った時の氏康の様子を義元はいまでもよく覚えている。穏やかな顔つきと細身の体が、まるで婦人のようだった。だが、伝え聞く最近の北条氏康の評判は、そんな風貌とはまるで正反対だ。

いま、氏康の体には七つの傷、顔には二つの傷があるという。

総大将自らが進んで敵の最前面に立って兵を叱咤し、矢玉が飛び交う中でも決して敵前から退かないという命知らずの戦い方を繰り返した結果である。

そんな総大将の姿を見て、負けてはならぬと将兵たちも命を捨てて奮戦するので、氏康の兵は強いという評判が最近ではすっかり定着している。

「氏康殿が相手なのはお嫌ですか」

雪斎が尋ねると、義元は苦りきった顔でうなずき、「氏綱殿のほうがよほどましだ」と答えた。

「氏康殿はきっと、もともと戦が好きではないのだ。幼少の頃には、武術の調練を見ていてあまりの激しさに驚いて気絶したという話ではないか」

「ええ。お若い頃はそれくらい繊細な質《たち》であったと」

「そんな男がいまでは体中に傷を負いながら、すすんで敵前に身を晒しているのだぞ」

「自らを厳しく律して、恐怖に打ち勝つ。敵ながら実に天晴れな勇気にございますな」

雪斎がそう言って氏康のことを讃えると、義元は笑いながら首を左右に振ってその言葉を否定した。

「勇気？　違うぞ雪斎。氏康殿のあれは、そんな生易しいものではない」

「え？　勇気ではないと」

不思議そうな顔をする雪斎に、義元は迷いのない口調で言った。

「ああ。あれは勇気ではない。義理だ」

「義理？」

「そうだ。自分についてきてくれる家臣に対する義理。家臣たちの期待に応えねばならぬという責任と重圧。氏康殿を突き動かしているのはそれだ。

家臣の前で恥ずかしい姿は見せられない。ただその一念だけで、氏康殿は臆病な自分の本性を抑え込み、敵に向かって一歩を踏み出しておるのだぞ。とんでもない覚悟だとは思わぬか。覚悟を決めた相手ほど扱いに困るものはない」

その分析には多分に想像が混じっているが、義元はやけに自信満々だ。雪斎は思わず苦笑しながら尋ねた。

「氏康殿とはただ一度お会いしただけなのに、ずいぶんと確信に満ちたお見立てでございますな。何か根拠でも」

すると義元は、フフフと自嘲気味に笑って答えた。

「根拠も何も、私も氏康殿とまったく一緒だからじゃ」

「ほう。それは？」

「私は戦に出るのも怖いし、母と言い争いをするのも嫌じゃ。だが、臆病な殿様じゃ、バカ殿じゃと家臣どもに陰で罵られるのは、それ以上に耐えられぬ。それで仕方なく、いつもビクビクしながら戦場にも出るし、母とも喧嘩する」

そう言うと義元は床几《しょうぎ》から立ち上がり、兜に手をかけた。

「さて、私も負けてはおられぬな。あちらの総大将が矢玉を恐れず前に出てきている以上、こちらも少しは前に出ねば物笑いの種になってしまう。私も兵たちに恥ずかしくない姿を見せねば」

頼もしい義元の姿に、雪斎は深々と頭を下げ、心のこもった言葉で送りだした。

「どうか、くれぐれもお気をつけくださりませ」

後詰に雪斎を残して、義元は兵を前に進めた。

陣を敷いた小高い丘の上から周囲を見渡すと、眼下では今川の兵と北条の兵が渦を巻くように絡み合いながら乱戦を続けている。北条の軍勢は錐のような三角形の隊形を取って今川軍に食い込んでおり、その錐の先端には北条氏康の姿があった。

義元と氏康の距離は三百歩ほど。向こうにも義元の旗印ははっきりと見えていることだろう。風に乗って氏康の怒鳴り声が微かに聞こえてきた。戦場に飛び交う剣戟《けんげき》と怒号の中で、氏康の声だけが不思議と聞きとれるのはなぜだろうか。

「勝てるぞ！　この戦は勝てるぞ！　さあ行け！　さあ死ね！　たとえ死んでも、お主らの働き、この氏康がすべてこの目で見届けておるッ！」

生き生きと躍動する氏康の姿を見て、義元はぶるっと血が奮い立つのを感じた。自分もかくあらねばならぬと思い、馬に一鞭当てて前に出ようとしたが、その時四、五名ほどの重臣たちがワッと駆け寄って前に立ちふさがり、馬の手綱を取って義元を押し留めた。

「なりませぬ義元様！　危険でございます！」

「何を言うか！　氏康はあのように敵の目の前で戦っておるのだぞ！　私も同じようにせねば、兵たちの物笑いになるわ！」

そう言って義元は馬腹を蹴って駒を進めようとしたが、重臣たちは引きずられながらも手綱を離さず、必死の形相で喰らいつく。

「それは北条のやり方にございましょう！　北条と今川は違うのです。なんの考えもなくただ他家のやり方を猿真似するだけでは、いたずらに我らの家風を乱し、兵たちも戸惑うだけでございます！」

「なんだと？」

馬に蹴られたら大怪我もしかねないのに、重臣たちは馬腹に取りつき、壁となって前に立ちはだかる。危険を顧みずそこまでされてしまうと、義元としても怯まざるを得ない。

「義元様！　敵前に立って兵を鼓舞する役目は、端役の家臣たちが果たすものにございます。総大将が軽々しく前線に出るなどしたら、なんだ、我が大将は我々を信じて仕事を任せることもできぬのかと、家臣たちは失望しましょう」

「ぬぬっ」

「それどころか、総大将が下賤の雑兵に混じって喜々として槍を振るっておるぞと、兵どもにはむしろ器の小ささを嗤われ、総大将の威厳が損なわれてしまいますぞ！」

「そ、そんなことは……」

「第一、殿の御身に万が一もしものことがあったらどうするのです。即座に全軍は総崩れ、それこそ一大事にございます。前に出るのと後ろに控えるのと、どちらが真に今川のためを思っての振る舞いであるか、いま一度よくお考えくださりませ！」

「う……」

　義元としては重臣たちの言い分に何ひとつ同意はできなかったが、彼らは彼らなりに、自分の積み上げてきた経験に基づいて、まったくの善意から義元を押し留めていることがわかった。こんなふうに命懸けで諫められたのに聞き入れなかったら、まるで自分が家臣の言うことに耳を傾けない暴君のようだ。

「……わかった。私の身を案じる皆の思い、かたじけなく思うぞ」

沈んだ声でそう言うと、義元は渋々馬を降りた。その背後から、溌剌とした氏康の叫び声が風に乗って微かに聞こえてくる。

「勝てるぞ！　敵は我が軍の勇猛さに怯んでおる！　さあ、この氏康の目の前で存分に手柄を立ててくるがよい！　さあ行け！　さあ行け！」

そしてこの日も、今川軍はろくな戦果を上げることもできずに撤退した。


北条との戦いは何ひとつ義元の思いどおりにならなかったが、その一方で武田と今川の同盟関係は実に順調だった。

不思議と義元と馬が合った信虎は、少々邪魔くさいほどにしばしば駿府を訪れてくる。嫡男の晴信との折り合いの悪さは相変わらずだ。信虎はまるでその鬱憤を吐き出すかのように、義元のことを息子のように可愛がってくれた。義元は義元で、早くに父を亡くし父の顔をほとんど知らずに育っているので、これが父親というものかという新鮮な感動とともに、信虎によくなついていた。

六月のはじめ、その時も武田信虎はいつものように義元のもとを訪ねてきた。信濃の村上家との戦いに勝利を収め、戦勝報告も兼ねての訪問だった。

だが、信虎は村上家との戦いについて喜々として語るのかと思いきや、開口一番、厳しい顔で言った。

「北条氏綱の容態が、いよいよらしいぞ」

その話は、雪斎を通じて義元も大まかには聞いている。義元はぐっと口を結んだ。ついに北条が代替わりをするのだ。

「北条は二十年以上も氏綱殿が手綱を握っておられましたから、若い氏康殿に代わればまたいろいろとご一新されるのでしょうな」

義元はなんの思惑もなくそんな素朴な感想を漏らしたのだが、信虎はわははと快活に笑って言った。

「さては婿殿、武田はまだ老いぼれが頑張っておるわ、と思っておられるな」

義元は信虎の邪推を慌てて否定したが、その実、相変わらず鋭い舅殿だと肝が冷える思いがした。

「ま、よかろう。もちろん儂も、そろそろ肚を決めねばならぬとは思っておる。とはいえ、いろいろあって一筋縄ではいかぬものでな」

氏綱よりは七つ年下だが、信虎ももう四八だ。当時の感覚では、そろそろ跡継ぎを決めて隠居への道を考え始める時期ではある。

義元は大急ぎで頭脳を回転させた。義元は今日、どうしても信虎に言っておきたいことがあった。その話をするとしたら、いまの会話の流れは実にちょうどいい。慎重に言葉を選んで、義元はあくまで世間話の態で話を切りだした。

「それにしても、北条の家督相続は、果たしてすんなり収まりますかどうか」

「まぁ普通に考えれば、誰がどう見ても氏康で決まりじゃ。順当にいけばの話だが」

「やけに煮えきらない物言いでございますな。何か気がかりな点でも」

「いや、別に何もない。だが、始まるまでは何が起こるかわからぬのが家督相続じゃ。義元殿だって儂と同じで、家督を継ぐまで散々苦労された口なのだから、それはよくご存じであろう」

「ええ、そうです。よく知っています。だから私は氏康殿が実に羨ましくて仕方ありませぬ。何しろ、私は五男ですが彼は嫡男。私はある日突然、兄が死んでいきなり跡継ぎ候補にさせられましたが、彼は何年も前から父親に跡継ぎだと指名されて、ゆっくりと心の準備ができていますからな」

　信虎はそこで、ムッと少しだけ顔をしかめた。北条の家の話をしつつ本当は義元が何を言いたいのか、信虎もようやく気づいたらしい。

「私も親にこれだけお膳立てをしてもらえていれば、兄と戦ってあんなつらい思いをしなくとも済みました。家中に無駄な血を流さず、禍根を残すこともなかったでしょう。本当に、あの時に兄を殺めてしまったことは、いまでも後悔しています」

「……」

信虎は表情にありありと不機嫌さを表していたが、義元の言葉には何も触れず、ただ「そうですな」とだけ言って淡々とその話題を終えた。

信虎にも内心、いろいろと言い分はあるのだろう。だが、それを口に出したら確実に墓穴を掘るので、我慢して呑み込んだのだ。一見するとそっけない信虎の反応が、問題の深刻さを何よりも雄弁に物語っていた。


いま、武田家は家督相続について大きな問題を抱えていた。

信虎と嫡男・晴信の不仲が、もはや修復不能な域にまで達しているのだ。

やや高圧的なところがある父・信虎と、一見おとなしく見えるが実は鼻っ柱が強く、受けた恨みは後々まで根に持つ嫡男・晴信の組み合わせは最悪だった。弟の信繁が素直で控えめな好青年だったことも、状況をさらにややこしくした。信虎は自分に逆らわない信繁を溺愛し、事あるごとに突っかかってくる生意気な晴信を露骨にのけ者にしたのである。

そんな当主の態度を見せられてしまうと、家臣たちにも余計な思惑が生まれてしまう。これならば晴信ではなく、信繁のほうに接近しておいたほうが得なのでは？　などといらぬ打算を働かせる者が出始め、家中がぎくしゃくしはじめている。それでも武田家の家中が晴信派と信繁派に分かれて抗争状態になっていないのは、ひとえに信繁の賢明さゆえであった。

信繁は類まれな才能を持つ晴信を心から尊敬していて、昔からまるで犬のように付き従っていた。晴信もそんな信繁を可愛がっていた。兄弟は家督を争う敵であることがほとんどであるこの時代、ここまで仲のよい兄弟というのはきわめて珍しい。信繁が終始そんな調子で、決して兄には逆らわないという態度を一貫して示し続けているものだから、信繁を担ごうとする派閥は生まれず、武田家はかろうじて分裂の危機を免れているのだ。

となると、晴信は嫡男であり、目ぼしい競争相手もおらず、二一歳と年齢も経験も申し分ない。はっきり言って武田家の中で晴信の家督継承に難色を示しているのは信虎一人だけなのである。

それで義元も、無用の意地は張らずにさっさと晴信に家督を譲ってしまいなさいと、北条氏康の家督相続の話題にかこつけて信虎を暗にたしなめたのだった。同盟者の武田家の混乱は、今川にとっても死活問題なのだ。

すっかりくつろいで今川館に数日滞在したあと、信虎は甲斐国に帰っていった。

舅殿も、お年を召されたな――

城外まで見送りをして別れ、遠ざかっていく信虎の丸まった背中を見ながら義元は少しだけ寂しさを覚えた。以前はしゃんと伸びていた信虎の背筋に、以前ほどの芯の強さがなくなり、態度は相変わらず豪快だが、それでもどこか、覇気が衰えてきているように義元には感じられた。

頭の痛い武田の後継者問題はあるが、それでも必ずや遠くない未来に、義元・氏康・晴信というずれも二十代の若い当主が、今川・北条・武田という有力大名を率いる時代が間違いなくやってくる。

これを機に、この三つ巴の不毛な戦いも、なんとか落としどころを見つけたいものだな――

義元は最近、そんなことを思っている。義元の父の代からずっと、武田と北条と今川は互いにくっついたり離れたり、散々やり合った挙句、状況は一進一退でほぼ変わらぬままだ。諸国にも鳴り響く実力を持つ三つの有力大名家が、互いにたいして得るものもなく無駄にしのぎを削り合って消耗しているのは、あまりにも馬鹿げてはいないか。

義元の中で、そのような思いが次第に強くなりつつあった。

さて、武田家の後継者問題はしばらく長引くだろうと義元は思っていたが、その幕切れはあまりにも早く、予想外の形で突然やってきた。甲斐に帰ったはずの武田信虎が、なぜか翌日に再び駿府の今川館に戻ってきたのである。

驚いて門まで出迎えた義元に、信虎は開口一番、吐き捨てるように言った。

「晴信の奴に、してやられた。儂はもう甲斐には戻れぬ」

「……はあ？」

あまりに突然のことに状況が摑めず、義元が目を白黒させていると、沈痛な面持ちで顔を伏せた信虎が悔しそうに歯ぎしりをしながら呻いた。

「あの野郎、国境の関所に兵を送って、儂を締め出しおった」

「え……？」

「それが国中の総意だそうだ。晴信は儂の知らぬ間に家臣どもに手を回し、儂を甲斐国から追放して自分が次の当主になることに了解を取り付けておったのじゃ。

それで、儂が単身で国を出た隙をついて、あ奴は国境を閉じた。儂にはもう帰る国はない」

「そ、そんな非道が許されましょうか。いまからでも家中の主だった者たちに密書を送って、このような狼藉は認められぬと考えを翻すよう伝えましょうぞ！」

そう訴える義元に、信虎はがっくりと肩を落として力なく呟いた。

「無駄じゃ……関所に詰めていた兵の旗印には、板垣《いたがき》も、甘利《あまり》も、飯富《おぶ》もあった。つまり譜代の家老衆は皆、晴信のほうを選んで儂を捨てたということよ……」

「な……」

混乱する頭で、義元は必死に状況を整理した。後継者問題のゴタゴタはあったが、二十年以上かけて積み上げてきた信虎の支配体制は盤石だったはずだ。少々独善的なところがあったとはいえ、信虎の手腕は他国の当主と比べてもむしろ優秀なほうだと言っていいだろう。

それなのに晴信は、信虎のやり方に不満を抱く家臣たちを秘密裏に手なずけて、ほぼ全員を自分の味方に引き込んでしまったのだ。失敗すれば確実に殺されるこんな大博打に全員が揃って加担するほどに、家臣たちは晴信という男に惚れ込んでいるということか。

やはり、あの時の私の勘は間違っていなかった。

初めて晴信と面談した時から、この男はとてつもなく賢く、平気で策を弄して人を陥れる人間だろうとは思っていた。

それにしても、まさかここまで鮮やかに、この切れ者の父親を騙すとは。

武田晴信、やはりとんでもない男だ。

その後、新たな情報が早馬で続々ともたらされてきた。

届けられた知らせはどれも信虎にとっては腹立たしいものばかりだったが、中でも信虎を打ちのめしたのは、目をかけて可愛がっていた信繁が信虎を一切かばうことなく、誰よりも先に兄の晴信に恭順の意を示したことだった。信繁はずっと昔から一貫してそういう態度を取っていたので、周囲からすると何ら驚くことはないのだが、信虎としては居たたまれないことだった。

さあ、この舅殿をどう扱うべきか。義元は途方に暮れた。

無下に扱うわけにはいかないし、かといって過度に肩入れすることで、晴信が掌握した武田家との関係を悪化させるわけにもいかない。ここで舵取りを誤って武田と今川の同盟関係にひびが入ってしまったら、北条はすぐにその隙に付け込んでくるだろう。北条は北条で氏綱の危篤でバタバタしているが、親子間で泥沼の内紛を起こしている武田と比べれば、まだずっと落ち着いている。

そんな折に、晴信から義元に文が送られてきた。その内容は、費用は武田が負担するので、信虎にどこか捨て扶持を与えて今川でずっと預かってもらえないかというものだった。ずいぶんと都合のいいものだと義元は苦い顔をした。

晴信は厄介者の父をまんまと姉の嫁ぎ先に押し付け、父殺しの悪名を避けようとしているわけだ。しかも今川がこれを断れば、なんとなく今川が舅を見捨てたような印象すら周囲に与えかねない。武田の親子喧嘩に巻き込まれて、今川もとんだ貧乏くじを引かされたものである。

「まったく、食えぬ男よ。晴信という奴も」

「ええ。信虎殿には申し訳ありませんが、実に巧みな手際と言わざるを得ません」

雪斎はそう言って素直に感心した。

大名家の内紛はたいてい泥沼化して多くの血が流れ、その後も残る大きな傷を家中に残すものだが、今回の信虎追放ではひとつも血は流れていない。

「私がどうせ信虎殿を引き取らざるを得ないだろうということまで、読みきったうえで造反していたとしたら、晴信の奴め、ずいぶんと頭の切れる男じゃ」

義元はそう言って苦々しい表情を浮かべた。彼は否応なしに、この先もずっとこの老獪な武田晴信と同盟者として仲良く付き合っていかねばならないのだ。これは一生ものの腐れ縁になるなと義元がうんざりした思いでいたら、八月の上旬、今度は北条氏綱が亡くなって氏康が家督を継いだとの報がやってきた。

こっちも義元と氏康はたったの四歳違い。氏康とも一生の付き合いになる。

義元は、自分の生まれた時代と境遇の不運さを嘆いた。もし自分の周囲にいるのが凡庸な君主ばかりであればどれほど気が楽だったことか。今川家の東にいるのは北条氏康。北には武田晴信。いずれも最高に手強い。

となると、残るは西か――

義元はまだ、西の尾張を支配する織田信秀とは本格的に干戈《かんか》を交えたことはなかった。雪斎が言うにはかなりのやり手だということだが、いったいどれほどの実力を備えた男なのだろうか。

あの氏康や晴信よりもやりにくい相手ということは、まさかあり得ないとは思うが。

死まであと十九年

十二年目　天文十一年（一五四二年）　今川義元　二四歳

家督を継いで六年間、義元は今川軍の弱さにずっと悩み続けてきた。

それを家臣たちの臆病のせいだといって、「強くなれ」とただ号令をかけるだけなら当主の仕事など楽なものである。だが、義元はそうはしない。今川が弱い最大の原因は古臭い仕組みにあると考え、新しい制度を次々と導入していった。

どの村にどれだけ田があり、どれだけの年貢が取れるかを調べる検地。有力な家臣とその傘下につく地侍たちを親子関係になぞらえ、親が子を保護する代わりに戦では子が親の指揮下に入って戦うことを定めた寄親・寄子制。

そのような新しい制度を採用したことによって、これまで曖昧だった年貢の納入量と動員できる兵力が明確になり、戦の計画が以前よりもずっと立てやすくなった。

とはいえ、形だけをいくら新しくしても、最後は家臣たちの意識が変わらなければ変革には限界がある。義元はくそまじめな顔をして雪斎に尋ねた。

「どうすれば、もっと強欲になれると思う?」

「……え？」

　義元がいきなり意味不明なことを尋ねてきたので、雪斎は思わず聞き返した。

「どうすれば、今川の兵たちが強欲になれるかと聞いておるのだ」

「はぁ。ご質問の意図が少々わかりかねますが……それは、いかなるお考えにございましょう」

　義元は戸惑う雪斎を無視して、夢中で自説を述べはじめた。

「なぁ雪斎。今川の兵は他国の兵と比べて、少々行儀がよすぎるとは思わんか。なんというか、こう……他人を蹴落としてでも戦で手柄を立てて、それで褒美にあずかってやろうという、ギラギラした強欲さに欠けているような気がする」

「なるほど。たしかにそうかもしれませぬな。駿河は地味豊かで国には活気があり、そうまで貪欲にならずとも生きていけますから、自ずと兵たちの気性も穏やかにはなりましょう」

「そう、そうなのじゃ。だがそれでは私が困る。だからそこをもっと強欲に、ひとつでも多くの敵の首を取って、同輩の奴らよりもいい暮らしをしてやるんだというふうに、兵たちの鼻息が荒くなるやり方はないかと尋ねておる」

　義元が真剣そのものの表情でそんなことを質問するものだから、雪斎は思わず吹き出してしまった。

「……そのやり方を、よりによって拙僧にお尋ねになられますか？」

甲冑を着込んで戦場にも出るが、雪斎はいちおう僧である。我欲を捨てて悟りを目指せと説く坊主に、そんなことを尋ねて名案が出るわけがない。仮に名案を思いついたところで、僧の口から「では欲深くさせるためにこうしましょう」などと、口が裂けても言えるわけがないではないか。

「はは……それはそうか……」

がっくりと残念そうに肩を落とす義元を見ながら、義元様もずいぶんと変わられたなと雪斎は思った。

義元が栴岳承芳という法名を名乗り、喜々として仏道修行に励んでいた頃、この方はたしかに聡明だが、心が優しすぎて潰れてしまうかもしれぬと雪斎には少しだけ不安があった。だが、義元は今川家の当主という枠に合わせて自分自身を器用に作り替え、今ではすっかり一人前の戦国武将へと変身を遂げていた。

この方に惚れ込んだ自分の目にやはり狂いはなかったと、雪斎はそんな義元のことを誇らしく思うのだった。


そんな雪斎とは対照的に、義元は心の中でこんなことを思っていた。

ああ、善得寺に帰りたいなぁ……。

誰もいない本堂の静けさ。一本の筋となって立ちのぼる線香の煙の匂い。春の陽光を浴びて輝く、満開の山桜の花。脳裏によみがえる幼い頃の記憶は、どれも穏やかで、ひたすらに静かだった。

そもそも自分は、禅僧として静かに一生を仏の道に捧げる予定だったのだ。性格的にも武将なんかよりも禅僧のほうがずっと性に合っていた。それがどういう因果で、こんな我欲と煩悩に満ちあふれた世界にどっぷり漬かって、ほんのわずかな土地を切り取るか切り取られるかという不毛な争いをしているのか。

時にふと衝動的に、何もかも投げ捨てて城から逃げだし、墨染の衣ひとつだけを身にまとって放浪したいという気分になる。だが、自分を頼みにしている数多の家臣たちのことを思えばそうそう無責任なこともできず、そのつど踏みとどまっている。

「まあ、兵たちのおとなしさを責めたところで仕方がないか……」

義元はため息まじりに慨嘆すると、兵たちを強欲にさせることは諦め、今川を強くするための別の手段を考えることにした。

なにしろ、当主の私自身が一番、そういう強欲さに欠けておるのだからな。そんな自分が率いる兵が似たような感じになるのも、当然といえば当然じゃ――

義元は自嘲気味にそう嘯《うそぶ》いて、少し疲れたような表情を浮かべた。

当主の義元には、一瞬たりとも気の休まる時はない。おそらく彼は、今川家中の誰よりも忙しく働いている。河東をめぐる北条との戦いと、追放された信虎と武田家への対応という難しい問題に加えて、最近は西のほうもきな臭くなってきた。

今川家の西にある三河は、今川と織田という二大勢力に挟まれた小国である。この国を自分の勢力下に取り込もうと、両家は長年にわたり三河の国衆たちにあれこれ介入を続けてきた。それはさながら今川と織田の代理戦争のようなもので、そのせいで三河国はズタズタに切り刻まれ、政情は一向に安定しない。

この争いはこれまで織田側がやや優勢だったが、安祥《あんじょう》城を根城とする安祥松平家の当主、松平広忠《まつだいらひろただ》を義元が保護して味方につけてからは一気に今川側が優勢となった。そんな状況を織田信秀が黙って見過ごすはずがなく、三河は一触即発の状況になっている。

松平広忠は五月に、三河国の中心地である岡崎城を落としてそこに本拠地を移していた。広忠から届いた戦況報告を読みながら、義元はにこにこしながら言った。

「まだあの若さだというのに、広忠殿、思っていた以上にやりおるわ」

「若い頃から辛酸を舐めてこられた方ですから、万事に慎重で実に堅実ですな」

「そのとおりじゃ。初陣してまだ日が浅いのに、まるで百戦錬磨の風格じゃ」

そう答えた義元のゆるんだ表情を見て、雪斎が茶化すように指摘する。

「ははは。義元様、広忠殿のご活躍がずいぶんと嬉しいようですな」

「もちろんじゃ。これが嬉しくないはずがあるか」

義元はそう言うと、普段あまり感情を露わにしない彼にしては珍しく、満面の笑みを浮かべた。

当主の仕事は思うようにならないことだらけだし、三河の情勢も予断を許さないが、松平広忠との出会いは義元にとっては珍しく、当主をやっていてよかったと思えるものだった。

松平広忠は安祥松平家の当主の嫡男として生まれた。彼はのちの天下人、徳川家康の父である。家康は過酷な少年時代を送ったことで有名だが、父の広忠の幼少期も家康に負けず劣らずで、それは一〇歳にして逃亡生活を送るという壮絶なものだった。

広忠の父・松平清康《きよやす》は今川家の庇護を受けて勢力を伸ばし、三河で一番の豪族に成長した。岡崎城を押さえ、もはや三河全土を平定するのも時間の問題だと誰もが思っていたが、清康はここでまさかの兇刃に倒れる。

清康を暗殺したのはなんと、家臣の阿部《あべ》正豊《まさとよ》だった。しかも殺されたのは織田家の城である守山城を攻めている最中で、ほかの家臣もいる陣中でいきなり背後から斬りつけられたのである。まだ二五歳の若さだった。

この時、一〇歳の広忠はまだ元服もしておらず、千松丸《せんまつまる》という幼名を名乗っていた。この歳では清康の跡を継いで家中を統率することなどできるはずもなく、主を失った三河は再び糸の切れた凧のように迷走を始める。


清康の急死後、広忠の叔父である松平信定《のぶさだ》が、我こそが松平家を継ぐにふさわしいとばかりに素早く軍を起こし、岡崎城を占拠してしまった。こうなると信定は間違いなく、邪魔な広忠を殺そうとしてくるだろう。広忠に付き従う家臣たちは、いち早く縁故を頼んで伊勢国（三重県）に逃亡した。

伊勢では四年間を過ごした。かつて三河の統一寸前までこぎつけた、松平清康の息子とは思えないようなうらぶれた暮らしではあったが、少なくとも命が脅かされることはない平穏な日々だった。質素ではあるが元服の儀式も行うことができた。


しかし、そんな広忠の安住の日々は長くは続かなかった。

織田家の毒牙を避けるために身を寄せた相手が亡くなると、日に日に増していく織田家の勢いを見て、跡を継いだ息子が織田寄りに立場を変えはじめたからである。

それでとうとう三年前、差し迫った命の危険を感じた広忠は再び逃亡することを決意する。逃げ込む先は、かつて清康を支援してくれていた今川家だ。

とはいえ伊勢から駿河にたどり着くには、織田家が支配する尾張と、叔父の信定が支配する三河を通過しなければならない。追手に見つかったら即座に殺される、正真正銘の命がけの旅である。途中、清康に受けた恩を覚えている領民の家に潜伏するなどしながら慎重に時間をかけて進み、ようやく広忠は駿河まで命からがらたどり着いて、義元のもとに転がり込んだのだった。


広忠がわずか数名の家臣だけを従えて今川館にやってきた時のことを、義元はいまでも忘れることができない。門番の話によると、その時の広忠の服はぼろぼろに破れ、髪はほどけ顔は泥まみれで、まるで落ち武者のような姿であったという。それを見た門番は、怪しい者だと思って最初は叩き出そうとしたらしい。

そこで広忠は、身なりは汚くとも佩《は》いているこの刀を見ろ、それから太原雪斎殿を呼べ、雪斎殿なら儂の顔を見ればすぐにわかってくれる、と必死で訴えた。

たしかに広忠が持っていた刀は拵えも見事で、盗品でなければこの持ち主は少なくともそんじょそこらの地侍ではなさそうである。困惑した門番は急ぎ雪斎に報告し、それで雪斎が門のところまで行って確認したことで、ようやく広忠本人だと判明したのだった。

かくして、広忠は無事に義元にお目通りできることにはなったが、ぼろぼろの格好のままで義元に会わせるわけにもいかない。そこで今川家の者が湯浴みをさせ、しかるべき装束を貸すことになった。

だが、曲がりなりにも三河を統べる大名の息子である広忠にふさわしい装束など、今川の家臣たちが持っているはずがない。結局は、大名同士が面談する場にはふさわしくない簡素な服しか用意できなかった。しかも借り物の装束なだけに、そこには当然ながら他家の紋が染め抜かれている。広忠にとっては耐えがたい屈辱だったが、その時の彼にはそうするよりほかに選択肢はなかった。


広忠と会う直前、雪斎が義元に小声で耳打ちをする。

「義元様、広忠殿を決してぞんざいに扱ってはなりませぬぞ」

「わかっている。彼は三河に打ち込む楔のようなもの。恩を売って今川の味方に取り込んでおくのが最善手じゃ」

三河の国衆の中には、若くして非業の死を遂げた松平清康を慕う者がまだ少なからず残っていた。その息子である広忠の存在は今川にとって実に都合がよい。広忠が父の跡を継ぐべきだと主張して彼を支援すれば、三河の国衆たちも喜んで今川方につくはずである。

義元が部屋に入ると、松平広忠は畳に額をすりつけて恭しく平伏した。義元は頭を上げるよう優しく言った。

「おやめくだされ広忠殿。そなたは三河国の国主じゃ。そこまで私に礼を尽くして頂くことはないですぞ」

その言葉に、広忠は恐る恐る頭を上げ、義元の目をじっと見つめた。

「いや……この私ごときが三河国主だなどと。私めは幼少の頃より流浪の身、自らの城を一度も持ったことがなく、配下の者たちも、そば近くに仕えるこの数名がいるのみにござります」

ひたすら恐縮する広忠の姿を見て、義元はなんとも言えないつらさを感じていた。広忠の年齢は一七。義元が玄広恵探を倒して今川の当主になったのは一八の時なので、その姿を当時の自分自身に、どうしても重ね合わせてしまう。

あの時、自分はたまたま恵探との戦いに勝ったから、こうして安穏な暮らしを送ることができている。だが、一歩間違えば自分も広忠のように、身内から命を狙われ、身ひとつで逃げ回っていたかもしれないのだ。広忠の過酷な運命が、義元にはとても他人事に思えなかった。義元は優しい声で広忠に言った。

「ははは。勝敗は時の運。死生命あり、富貴天にありじゃ。これまで自分の城を持ったことがないからといって、決して卑屈になることはないですぞ広忠殿。

なぁに、こうして駿河に来たからには、私が全力でお支えしよう。大船に乗ったような気持ちでいてくだされ。必ずや貴殿を、お父上が住まわれた岡崎城にお戻しして、再び三河の国主の座に返り咲けるようにして差し上げますからな」

慈しむような義元の言葉が意外だったのか、広忠は驚愕の表情を隠せない。

「な、なんたるありがたいお言葉！　国を追われ味方も持たぬこの流浪の身に、まさかここまでのご厚情を賜るとは……望外の幸せにございます。望外の幸せに……。かくなる上はこの広忠、今後いかようなことがあろうとも、決して義元様の、今日の御恩を忘れることはございませぬ！」

広忠の言葉の最後は嗚咽まじりとなり、家臣たちが左右に控えているにもかかわらず、しばらくの間、ぼろぼろと涙をこぼし続けた。誰にも心を許すことのできない逃避行の間ずっと張り詰めていた心が、義元に優しい言葉をかけられて、安堵感とともに一気に弾けたらしかった。

義元は広忠を今川館に住まわせて何不自由ない暮らしを保証してやり、三河の牟呂《むろ》城を攻め取ると広忠を城主に任命した。破格の厚遇は、広忠を三河攻略のための持ち駒にするという打算も当然あったが、それ以上に、広忠という気持ちのよい好青年を救ってやりたいという、義元の個人的な思いのほうが大きかった。

広忠が牟呂城主になった途端、かつて松平清康に従い、清康の死後は路頭に迷っていた者たちがたちまち馳せ参じ、その数は一気に膨れ上がった。死んでもう五年も経つというのに、清康が遺した看板は思った以上に大きく、広忠はあっという間に三河国でも有数の一大勢力にのし上がった。

清康の死後、織田家の後押しを受けて三河の実質的な国主の座についていた松平信定にとって、広忠は突然蘇った過去の亡霊だ。目障りな広忠を除こうと信定はしきりに牟呂城を攻めたが、広忠の家臣たちの結束は固く、容易に落とすことができない。逆に、信定はほどなくして病を得て亡くなってしまった。

すると、広忠は信定死後の混乱に乗じて信定の遺臣たちに果敢に戦いを挑み、勢いのままにあっさりと岡崎城を奪取した。紆余曲折の末、広忠はようやく三河国の国主の座に返り咲いたのである。

「さて、これで織田はどう出てくるか」

「織田信秀殿は抜け目のない方でござりますからな。よもや三河を放っておくことはありますまい」

「勝てるか？」

単刀直入に義元が尋ねると、雪斎はしばらく沈黙し、ゆっくりと答えた。

「……五分五分に、ござりましょう」

雪斎がそう言うということは、これは勝ち目は三割もないなと義元は思ったが黙っておいた。見通しの甘さは雪斎なりの気遣いなのだ。

「どうすれば今川は強くなるか」

「血を一度、全部入れ替えてしまえばよいのですが、そうもいきますまい」

「……まあ、そうだな」

今川の家には、親から引き継いだ高い身分に安住し、気位だけがやたら高くてまったく使えない者たちがあちこちにゴロゴロしている。

彼らはとても優しくて人当たりがよく、友人として付き合うには最高の相手だ。だが、義元が新たな取り組みを推し進めようとすると、この手の家臣たちは皆、口だけは「よい案ですな」と言ってにこやかに答えつつ、角が立たないように裏でことごとく骨抜きにしてしまう。

そういった家風のおかげで家中に余計な波風が立たず、不毛な内輪の争いで無駄に消耗することはないのは、たしかに今川の美点ではある。だが、義元がどんなに上から強く呼びかけても、彼らが微妙に解釈をいじって、義元の指示のうち過激で先進的な部分を当たり障りのないものに変えて運用してしまうので、今川の家はいつまでも変わることができない。

いっそのこと、一度ぐちゃぐちゃに壊れてしまえばよいのだ――

変わらない今川家にうんざりした義元は、時々そんな考えについ囚われてしまう。

他国はどこも、一度は国中がばらばらになるような修羅場を乗り越えて、生き残った者たちが焼け野原の中から家を立ち上げている。そんな経緯をたどっている武田や北条の風通しのよい家中を見るにつけ、義元は羨望と苛立ちが募るのを止められない。


弱い今川という変えられない現実を踏まえたうえで、その中で取りうる最善の策を雪斎が提案した。

「となると、今川が戦に勝つには、とにかく数を集めることですな。数を集めるには、事前の準備を周到に行い、無理な戦いはしないのが鉄則。同時に、他国と盛んに交わって今川の味方を増やし、敵を孤立させることも重要でしょう。戦は始まる前が肝心にござります。戦いの勝敗は始まった時点で八割方決まっているのですから、義元様は『戦わずして勝つ』を目指されるべきです」

「なるほど、戦わずして勝つか……」

義元が幼い頃から読まされてきた兵法書は、孫子も六韜も、皆戦わずして勝つことが最善であると説いていた。だから雪斎の言葉は義元の腹にすっと落ちた。

織田との戦いの勝敗が五分五分だと雪斎が言ったのは、自分が事前に必勝の態勢を作れていないということなのだな――

東の北条がいつ攻め込んでくるかがわからないので、今川の主力は常に東側に残しておかざるを得ない。そのせいで西の織田と戦おうにも、動員できる兵力は今川家の総兵力の三割もいけば御の字だろう。そんな片手間で戦いに臨んでいるようでは、織田の軍勢に苦戦するのも当然のことだと言えた。

それは義元自身も骨身に沁みて理解していることだったが、かといって劇的に現状を一変させるような手が、そうそうたやすく見つかるはずもない。すぐに思いつくような策は義元がもうとっくに試している。そして、頭の固い家臣たちの分厚い壁によってことごとく阻まれているのだ。

義元は基本的に、争いを好まず協調を目指す人間である。ぬるま湯のような現状に安住する家臣たちを叱りつけ、家臣たちに大きな痛みを強いてでも、自分の理想に向けて強引に家中を作り替えようとする人間ではなかった。

彼は家臣たちがちゃんと納得し、自発的に力を合わせて動いてくれることを願い、家臣との対話を重んじた。それは、この今川義元という優秀な男が有する大きな美点のひとつではあったが、超えることのできない限界でもあった。

天文十一年八月、義元は四千の兵を率いて三河に向かった。

理想を言えばもっと多くの兵を確保して、必勝の構えで西に向かいたいところだったが、そんな悠長なことを言っていられる状況ではない。松平広忠の台頭を抑えようとする織田信秀が、安祥城を攻め落としたからである。

安祥城と岡崎城は目と鼻の先で、矢作川を挟んで歩いて一時（二時間）もかからない。安祥城を確保した信秀はそこから盛んに兵を出し、岡崎城の松平広忠を刺激していた。できるだけ戦いは避けたいところだが、これ以上織田軍の狼藉を放置しておくと、今川は我々を守ってくれないのだなと思われて三河の国衆が離れていってしまう。

かくして義元は、広忠からの援軍要請を受け入れ、自ら三河に向かって信秀と雌雄を決することを決意した。

周囲の状況はいつも、義元の思いとは裏腹にさっさと変化していってしまう。義元としてはじっくりと腰を据えて、戦わずして勝つ態勢を作ってから兵を動かしたいのだが、決してそれを待ってはくれない。

岡崎城で松平広忠の兵と合流した義元は、城の南側に野戦に適した開けた土地があることを知り、そちらに兵を展開した。この様子を見た織田信秀も安祥城を出発し、矢作川を渡って義元の軍と向かい合うように布陣した。

八月十日、むせかえるような真夏の熱気と日差しの下、風通しの悪い鎧兜や具足を着込んだ両軍は、岡崎城東南の小豆坂《あずきざか》において激突する。

織田と今川の兵数は、双方ともほぼ互角の四千人。加えて今川方には松平広忠率いる千人が参加するので、若干ながら今川方有利の状況と言えた。だが、いざ戦いが始まってみると今川の兵は織田軍に押しまくられている。

「なぜだ。なぜ押されている。兵力は互角のはずじゃ」

すると周囲に控える重臣たちは、怯えた顔で答えた。

「勝敗は時の運にござります」

だが、そんな空虚な言葉が信じられるはずがない。

義元が本陣を置いた小高い丘からは全体の戦況がよく見える。それを見ると、千人ほどの兵しか持たぬ松平広忠の軍のほうが、四倍以上の兵を持つ今川軍よりも、よっぽど果敢に戦い、押し寄せる織田軍を跳ね返していた。

そんな松平軍の先頭には広忠の旗印がひるがえり、自ら槍を持って敵兵を突き伏せる広忠の姿があった。広忠の甲冑はまるで、全身にきな粉をまぶしたように乾いた土埃で黄色に染まり、その所々に敵兵の返り血が黒蜜をかけたように固まっている。義元は自分が着ている、汚れひとつない白糸威《しろいとおどし》(11)の甲冑が恥ずかしくなってきた。

「時の運？　ならばあの広忠殿と三河兵たちをどう説明する。彼らと我々は同じ軍、つまり持っている運も同じはずだが、かたや今川兵は簡単に崩れ、三河兵は粘り強く踏みとどまっているではないか」

「そ……それは……」

「今日という今日はもう我慢ならぬ。私が前に出て、兵たちと一緒になって戦う」

冷たくそう言い放って義元は立ち上がり、兜に手を伸ばした。すると重臣たちは血相を変えて義元の周囲に群がり、強引に兜を取り上げる。

「なりませぬ義元様！　これまでも何度も申し上げたとおり、他家と今川は違うのです。総大将の御身の無事を何よりも一番にお考えくださりませ！」

「離せ、兜を返すのじゃ。止めるでない無礼者！」

「無礼者で結構でござります！　私どもは今川のためを思って言っておるのです！いま一度、お考え直しくださりませ義元様！」


その時、いきなり遠くで地鳴りのような喊声が轟いた。

揉み合っていた義元と重臣たちは何事だと全員が思わず動きを止め、声のするほうに目をやった。視線の先には、いつの間にか先頭に出てきていた織田信秀の旗印があった。その旗印を見た織田勢が勇気を倍加させ、一斉に鬨の声を上げたのだ。

そのまま信秀の旗印は、松平軍に向かって力強く前進を始めた。総大将の登場に沸き立つ織田軍の勢いに、さすがの三河兵たちもなす術もなく押し潰されていく。松平軍の先頭にいた広忠の姿も、入り乱れる敵味方の中にあっという間に埋没して見えなくなってしまった。

「広忠殿ッ！」

気がつけば義元は重臣たちを腕で払いのけ、胴に取りついた者を引きずって前に出て、奪われた兜をひったくっていた。

「ええい離せッ！　我が身可愛さに引っ込んでいて戦に負けたら、どちらにせよ死ぬのじゃ！　それならば私は前に出て戦って死ぬ！」

「ですが、それでは総大将の威厳が……」

なおも口ごたえする重臣の言葉に、とうとう義元の堪忍袋の緒が切れた。

「仲間のため、自らを犠牲にする姿を示してこその総大将の威厳である！」

物静かな普段の彼からは想像もつかない、裂帛《れっぱく》のごとき一喝だった。

そのあまりの激しさに、重臣たちは一斉に硬直した。だらだらと流れる汗は真夏の酷暑のゆえか、それとも冷や汗か。義元はさらに怒鳴りつける。

「さきほど全軍の先頭に出た織田信秀の姿を、お主らも見ていたであろう。それで信秀の威厳が損なわれて、織田の家臣たちが失望しておったか？　兵たちは従わなくなっておるか？　まったく逆ではないか！

織田の兵たちの顔を見るがよい。信秀の目の前でなんとしてでも手柄を立てようと、誰もが死に物狂いの目になっておるぞ。我が軍に足りぬのは、後先を考えぬ、あの死に物狂いの目じゃ！　お主らがどれだけ止めようが、私は行くぞッ」

そして近習に馬を曳いてこさせると、義元は兜をかぶり馬に一鞭入れて一人で駆けだした。周囲の者たちも戸惑いながら慌てて後に続く。


これまで義元は常に後方の本陣にいて、敵とぶつかる最前線に出たのはこれが生まれて初めてのことだ。馬を進めるごとに、長槍と長槍がぶつかり合うカンカンという乾いた音や、空気を切り裂いて飛ぶ矢の風切り音、馬のいななきや兵たちの叫び声が、徐々に大きく鮮明に聞こえるようになってくる。夏の日に灼かれてすっかり乾いた土が乱暴に踏み荒らされ、土埃が盛んに立ちのぼって視界がはっきりしない。

そんな中を義元は進み、ついに敵兵と目が合うくらいの距離まで前に出た。

義元の馬印を確認した敵の足軽の一人が「あ！」という驚きの声を上げる。それで、その周囲の敵兵たちも一斉に義元の存在に気づいた。

ある者はすかさず槍を構えてこちらに突進し、またある者は慌てて矢をつがえて弓を引き絞る。織田兵の誰もが、降って湧いた大手柄の機会に目の色を変えていた。義元は自分一人に向かって発せられる大量の剝き出しの殺意を感じ取り、思わずぶるっと震えあがった。こんな気味の悪い感覚は生まれて初めてだった。

背筋を駆けのぼってくる悪寒に、義元は思わず怯みそうになったが、恐怖を吹き飛ばすように腹の底から大声を張り上げた。

「我こそは今川治部大輔義元であるッ！　皆の者の働きは、この私がすべて見ておるぞ。存分に敵を討ち取り、褒美を勝ち取るがよい！」

まさか総大将がこんな最前線に来るなどとは思ってもいなかった今川の兵たちも、この声を聞いて途端に色めき立った。

それまでは恐怖と疲労でもたもたと動いていた兵たちが、皆一斉に背骨に電流を流し込まれたかのように背筋をしゃんと伸ばし、きびきびと戦い始める。義元もそれを見て、

「そこの者たち、よい働きじゃ！　その調子で敵を押し戻せ！」

などとしきりに褒めるので、それを見た別の兵たちも、手柄を立てて褒美をもらうなら今しかないとばかりに、先ほどまでの緩慢な動きが嘘のように力強く戦い始めた。

――そうか、最初からこうすればよかったのだ。

今さらながら、義元は目から鱗が落ちる思いがした。

これまでに何度も、全軍の先頭に立って兵たちを鼓舞しようとしては、重臣たちにしつこく止められてきた。そのたびに経験豊富な重臣たちから「この若い殿様は戦の真の怖さを知らない。本当に甘ちゃんで困る」といった露骨にうんざりした目で見られたものだが、そんなことを繰り返すうちに、いつしか義元の心は完全に折れていたのだ。

重臣たちの声をはねのけて自分の指示をごり押ししたところで、自分の意見が正しいとは限らないのだから――そう自分を正当化して、義元は自分でも気づかぬうちに、彼らに言われたとおりに行動することになんの疑問も抱かなくなっていた。

だが、実際こうして敵前に出てみたら、重臣たちの言い分はまったく的外れであったことがわかった。

総大将自ら最前線に出てきた義元のことを、兵たちは軽蔑するどころか勇壮な鬨の声を上げて、喜々として迎え入れてくれた。そして、我らが総大将を死なせてはならぬと一斉に周囲に集まって分厚い槍衾《やりぶすま》を構えてくれたので、敵兵が自分のところまで肉薄してくることもない。

なんだ、総大将が討ち取られたらどうするのだという言い分も、まったく取り越し苦労だったではないか。これは戦が終わったら重臣どもを叱りつけてやらねばならぬと義元が自信を深めた、その瞬間だった。

ヒュンという鋭い風切り音とほぼ同時にカッツーンという甲高い金属音が響き、義元の頭蓋にぐわんぐわんと強い衝撃が走った。

最初は、何が起こったのかわからなかった。

そのうち、この衝撃は真横から飛んできた流れ矢が自分の兜に当たって弾かれたのだと気づいた。矢が鉄の兜を貫通するようなことはまずありえないが、あと少しこの矢がずれて、兜と鎧のわずかなすき間に飛び込んで首に当たっていたら即死だっただろう。

状況を理解した少しあとに、冷や汗がさっと乾き、ゾクゾクという悪寒と恐怖が義元の体の芯を駆けあがってきた。

「義元様！　ご無事でござりますか！　こういうこともあるからこそ、我々は義元様を前線には出したくなかったのです」

それ見たことか、といった様子で重臣の一人が血相を変えて義元に馬を寄せ、さあ後方に戻りましょうと強く促した。義元も最初、あまりの恐怖でその言葉に素直に従いそうになった。

だが、手綱を操って馬首を返そうと手を持ち上げたその時、心の中に強く響く声が、彼の動きをかろうじて止めた。

ここで逃げたら、たぶん私は一生負け犬だ。

いまここで、危ないからといって後ろに下がってしまったら、この恐怖が頭に染みついて、きっと私は二度と敵前に出てこられなくなる。重臣たちも私をもう二度とこんな場所に出させようとはしないだろう。つまり、今川も永遠に弱いままだ。

それでよいのか義元。おまえは今川家の当主だろうが。

北条家の氏康は臆病な本来の自分を意志の力で抑え込んで、顔に二か所、全身に七か所も傷を負ってもなお、いまだに進んで敵前に立ち続けている。自分より七歳も若い松平広忠も、今さっきまで先頭に立って勇敢に戦っていたではないか。

婦人のように優しい北条氏康と、気持ちのよい松平広忠の風貌が脳裏に浮かんだ時、義元の中で恥ずかしさが恐怖を凌駕した。彼らから馬鹿にされるような人間になってたまるかという闘志が湧いてくる。もちろん飛んでくる矢は恐ろしいが、そんなものに当たって死ぬのなら、しょせん自分はそこまでの男だったということだ。

義元は自分にそう言い聞かせて、自分はこんなところで死なぬ、死ぬはずがないと何度も心の中で唱えた。そして、心の迷いを振り払うかのように、腹の底から声を張り上げる。

「私は退かぬッ！　退かぬぞッ！」

そのひと声が出たら、あとは黙っていても言葉があふれてきた。

「皆の者、生きたいと願うのなら決して下がるな。前に出て敵を倒すのじゃ。逃げれば敵はますます調子づいて、お主らを殺しに来るぞ。

死にたくなければ前に出よ。殺しに来る者たちを、すべて殺し返すのじゃ。それが一番の生き残る道であるッ！」

そんな義元の勇ましい姿を見て、周囲の兵たちはますます奮い立ち、まるで狂ったように雄叫びを上げて敵陣に突っ込んでいく。

そうだ。これでいいんだ。私は負け犬ではない。私は負けない――

「私はここで、皆の働きをすべて漏らさずに見ている。大きな手柄を立てた者には一生遊んで暮らせるほどの褒美を取らすぞ。だからさあ行け！　さあ進め！」

声を上げているうちに、義元自身も自らの声で鼓舞されているような気分になってきた。そして義元はその日の終わりまで、熱に浮かされたように大声を張り上げ続け、敵の目の前に陣取って、兵たちと一緒になって戦ったのだった。

結局、この「第一次小豆坂の戦い」は織田信秀の勝利に終わったとされている。

戦いの最後のほうでは今川軍もそれなりに善戦したが、何よりも義元が前に出るのが遅すぎた。義元が最前線に出て兵たちを叱咤しはじめた頃にはもう、今川軍の敗勢はどうやっても覆せない状態に陥っていて、戦いの趨勢《すうせい》が変わることはなかった。

だがその日の夜、一人で幔幕の外に出て涼しい夏の夜風にあたっていた義元の心には、不思議なほどに敗戦の悔しさはなかった。逆に、どこか浮き立つような高揚感を覚えていた。

次の戦いからは、私は最初から敵の前に出る。

そうすれば今川の兵も、さっきの戦いのように、決して他国の兵に劣らない勇猛な戦いぶりを見せてくれるに違いない。

そう。敵だって鬼や羅刹ではない。同じ人間なのだ。

負け戦ではあったが、私はたぶん今日、武将として一段高みに上がった。これからは負けぬ。北条にも織田にもひと泡吹かせてやる。

義元は一人秘かに、これまで一方的にやられっぱなしだった敵たちに捲土重来を誓ったのだった。

死まであと十八年

十五年目　天文十四年（一五四五年）　今川義元　二七歳

自分が進んで敵前に出る姿勢を見せるようになったことで、今川軍は少しずつ変わりはじめている。義元は確かな手ごたえを感じていた。

その程度のことで、兵たちがすぐさま見違えるように強くなるわけではない。だが、なんとなくだが、軍団全体に少しずつ粘り強さが出てきたような気がする。

以前の今川軍は、敵が嵩に懸かって突撃してくると簡単に突き崩されていた。だが、単なる気のせいかもしれないが、最近はそうそう容易くは陣を破られなくなった。これまでは武田の援軍がなければ常に劣勢に立たされていた今川軍だったが、最近は北条軍相手に、今川軍単独でもそこそこ善戦した戦がぽつぽつと出てきている。

よし。いまこそ、北条に奪われた河東を取り戻す時だ。

軍団の強化と並行して、義元が雪斎とともに少しずつ布石を打ってきた対北条の大戦略が、徐々に形になりつつあった。

軍を強くすることも大事だが、あくまで目指すべきは「戦わずして勝つ」こと。

そう考える義元は、雪斎の助言を受け入れて外交の視点を変えた。今川家は長らく、武田と戦うために北条と組むか、もしくは北条と戦うために武田と組むかといった二者択一の世界で生きてきた。それを雪斎は「じつに狭い」と批判し、もっと大きな目を持つよう義元に促したのである。

相模の北条、甲斐の武田からさらに視野を広げ、関東全域を俯瞰して見てみると、そこには関東管領の上杉家の姿が見えてくる。関東管領は幕府における関東支配の実務責任者にあたる重職だが、足利幕府の力が衰えたいま、その地位にはなんの実権も伴ってはいない。だが、それでもなお、何代にもわたって関東管領を世襲してきた上杉家の名は関東において、いまだ冒しがたい威圧感を放っている。

義元は、この上杉家を仲間に引き入れることにしたのだ。

北条家はかねてから、相模国から北へ進出せんとする野望を抱いていたが、その先に立ちはだかるのが上杉家だった。であれば「敵の敵は味方」という理屈で、今川と上杉の利害は一致している。

義元は上野国（群馬県）に地盤を持つ山内上杉家《やまのうちうえすぎ》と、上杉家の数ある分家の中でももっとも有力な武蔵国（埼玉県）の扇谷上杉家《おおぎがやつうえすぎ》に声をかけ、北条に対する共闘を持ちかけた。

両上杉家にしてみれば、関東の地をつけ狙う新興の北条家は目障りで仕方がない存在であったし、今川家は駿河国の守護を代々務める由緒ある家柄なので、手を組む相手としては実に信頼がおける。彼らが義元の提案に異論のあるはずがなかった。何回かの交渉の末、今川家と両上杉家は北条に隙あらば足並みを揃えてともに攻め入り、一気に攻め滅ぼすべしという密約を交わしたのだった。

「これぞまさに、遠交近攻であるな」

「ええ。遠くの国と手を組んで近くの国を挟み撃ちにするのは、古くからの戦の常道。実に理にかなっております」

義元はいつも雪斎の言わんとすることの本質を即座に理解し、自分の提案を積極的に採用してくれるので、雪斎も嬉しかった。

かくして、義元があれこれ手を回して構築した今川、武田、両上杉による北条氏康包囲網が完成した。ここまで周到にお膳立てをしてやれば、いかに今川の兵が弱くとも、さすがに北条にも勝てるだろう。

「これで失った河東の地を取り戻してようやく、今川はふりだしに戻ることができる。そうなればもう、母上には何も文句は言わせない」

もう八年もの長きにわたり、義元は北条に河東を奪われたまま奪還できていない。

北条との関係が決裂して以来、寿桂尼は寺に引きこもって義元と会おうともしないので、別に母から何か具体的な文句を言われているわけではない。だが義元の心の片隅では、母の言いつけを破って領土を失ったという負い目が、まるで喉に刺さった魚の小骨のようにいつもチクチクと彼を苛んでいる。

あの戦いで苦汁をなめさせられて以来、義元は何年もかけて家中を少しずつ戦闘向きに作り替え、外交も駆使して、ようやく北条と互角以上に戦える体制を作り上げたのだ。そのあまりにも長く地道な努力を思えば、義元も感無量だった。

ところが、義元がコツコツと築き上げてきたこの北条包囲網は、意外なところからあっさりと崩壊する。

「晴信の奴め、私に断りなく北条と同盟を組むとはいったいどういうことだ！」

包囲網を崩壊させたのは、武田家だった。

この年の五月、武田晴信が信濃国（長野県）の伊那郡を攻めた時、義元は同盟の約定に沿って、いつものように援軍を送った。ところが、援軍に行った先で今川軍が見たのは、武田軍と槍を揃えて共に敵軍に向かっていく北条軍の旗印だった。

援軍の役目を果たして帰国した将からその報告を受けた義元は、彼にしては珍しく怒鳴り声を上げて立ち上がった。

「戦じゃ！　あの晴信めにひと泡吹かせねば私の気が済まぬ！」

家臣たちは、この怒りにまかせた指示に従ってしまってよいものかを測りかねて、互いに顔を見合わすばかりだった。最後はすがるような目つきで、義元の隣に控えている雪斎の顔を見た。

すかさず雪斎は、ため息をひとつ吐くと静かに感想を述べた。

「まったく、武田殿にはしてやられましたな……」

「あの食わせ者め、信用できぬ男だとは以前から思っていたが、やはり本性を現しおったわ。私は絶対に許さぬ」

「武田も北条も、互いにいがみ合っていたのは信虎殿と氏綱殿でございます。その二人がいなくなったいま、過去の遺恨は水に流して、若い晴信殿と氏康殿で新たな関係を築こうということなのでしょう」

雪斎の口調はいつもと変わらず淡々としていて、どこか他人事のようだ。それくらい突き放した目で自分自身を冷徹に観察しなければ、まともな判断はできないということは義元も重々承知している。

だが、この時ばかりは義元も、雪斎の口ぶりに苛立たずにはいられなかった。

「そんな勝手がまかり通ってたまるか！　今川と武田は血縁で結ばれた仲で、そして今川と北条は不倶戴天の敵じゃ。それを知ったうえで北条と手を組むなど、これは今川に対する裏切り以外の何物でもない！」

そんな義元の苛立ちなど一切お構いなしで、雪斎はぼそりとつぶやく。

「ですが義元様。それを言ってしまったら、義元様も同類でござりましょう」

「なんだと？」

「それまでずっと北条と今川は親戚同士で、同盟を組んで武田と戦っていたのに、いきなり武田と婚姻を結んでしまわれたわけですからな」

「う……」

そう言われて、義元は言葉に詰まった。

たしかに、武田晴信が今回やったことは、かつて自分が北条氏綱に対して行ったこととまったく同じだ。だが、脳の前半分ではそう理解できても、後ろ半分がそれを絶対に認めたがらない。雪斎に正論を言われて行き場をなくした怒りが体の中でボンと弾け、義元は顔を真っ赤にして言い返した。

「あれは……あれは、北条に今川を乗っ取ろうという思惑があったから……形としては同盟関係でも、実際は同盟を隠れみのにした北条の今川乗っ取り策であったから、内実はまったく違うではないか！　私を晴信の奴などと一緒にするでないッ！」

「しかし、事情を知らぬ他国の人々は、皆そういう目で見るはずです」

「ぐっ……」

「このご時世、身を守るために周囲の大名と二重三重に同盟関係を結ぶことなど、誰でもやっておること。それなのになぜあの時、北条氏綱殿はあそこまでお怒りになったのか。それは、怒ったほうが氏綱殿にとって得だったからです。氏綱殿の怒りは別に本心からのものではなく、ただの今川を攻める口実作りでした。

では義元様、あなたがいま、武田殿が北条と秘かに同盟を結んだことをお怒りになったところで、それで何か今川が得することがひとつでもございますか？」

「……」

義元は言い返せなかった。

怒って得することなど何ひとつない。ここで怒りにまかせて戦を起こせば、頼れる同盟者だった武田との関係は崩壊し、今度は武田が北条と組んで一緒になって今川に攻め寄せてくるだろう。晴信はきっと、どうせ義元には何も手出しはできないと見越したうえで、計算ずくで北条との同盟に踏み切ったのだ。

義元は胸中の怒りを無理やり抑え込み、ふてくされたような顔でそっぽを向くと、不機嫌に吐き捨てるように言った。

「……では、どうすればいい！」

雪斎は、厳しさと温かさが混ざったような目で義元を見つめ、一転して穏やかな声でゆっくりと答える。

「ここは、ご辛抱なされませ。いつかきっと、北条と武田にひと泡吹かせることができる日がやってきます」

「辛抱などできるか！　私が今までどれだけコツコツ苦労して、北条に一矢報いてやろうと軍勢を整え、必勝の構えを創り上げてきたと思っておるのじゃ。それをあの晴信めにあっさり台無しにされたのだぞ。

　しかもあ奴は、間違いなく我ら今川の足元を見ておる。……この悔しさがわかるか。辛抱などしてたまるか。なんとしても晴信の奴に、今川を舐めたら痛い目を見ると知らしめねば気が済まぬ」

「そうは仰られましても、今川の現状を考えれば、ここは堪えて武田と北条の同盟を黙認するよりほかにはございませぬでしょう。どうか、どうかご賢察を」

　どんなに雪斎がなだめても、義元は意固地になって耳を貸そうとしない。

「何か、よい手があるはずだ。何か絶好の策が……」

「諦めなされませ」

「……いや諦めぬ。私はもっともっと考えてやる。考えに考え抜いて、あの晴信の奴の鼻っ柱をへし折るまでは、私は決して諦めぬぞ……」

　往生際の悪い義元に、雪斎はやれやれといった表情でまた溜め息を吐いた。

雪斎は義元と一緒になって策を練り上げてきただけに、義元が悔しがる気持ちは痛いほどにわかる。だが、ここで熱くなったらますます晴信の思う壺なのだ。何万人もの今川家臣たちの命を預かる立場である以上、どんなに腸《はらわた》が煮えくり返ろうが、義元には耐えてもらわねばならない。

義元はじっと畳の目を見つめたまま、さっきからブツブツと呟きながら考え事を続けていた。もう長いこと席を立とうともしない。いい加減うんざりした雪斎が、今日はもう終わりにしましょうと義元に声をかけようとした、その時だった。

義元がハッと顔を上げて、一転して晴れ晴れとした表情に変わると、嘘のように明るい声で叫んだ。

「……思いついたぞ」

「え?」

「思いついたのじゃ、武田と今川の同盟を保ったまま、晴信にひと泡吹かせる手を!」

それから数日の後、太原雪斎は甲斐国にいた。

義元からの使者として、義元の親書を武田晴信に渡す役目である。渡された親書を読み進めるにつれて、晴信の表情が露骨に苦りきったものに変わっていくのがわかった。最後まで読み終えた頃には、晴信はすっかり不機嫌になっていて、忌々しげに雪斎の顔を睨みつけた。

「……義元殿は、本気で北条に攻め入ると言っておるのか」

雪斎は、悪びれもせずしれっと答えた。

「はい。河東は今川にとって、ずっと北条に奪われている因縁の地にございます。扇谷上杉家と北条家の戦いが泥沼化していて、北条が西側に気を配る余裕のないいまこそ、かの地を奪還する千載一遇の好機でありますゆえ」

「ぐ……」

「さすれば、長年の同盟者である武田殿にもぜひ力強い援軍をお願いしたく、こうして義元の親書を奉じて参上した次第にございます」

こいつは阿呆ではないのか、と晴信は呆れたような様子で雪斎の顔を見て言った。

「……正気で言っておるのか、それを？」

「正気？　それは、どういう意味でございますか？」

まじめくさった顔ですっとぼける、雪斎のわざとらしい態度に晴信は心底腹が立った。だが、その苛立ちを口に出すわけにはいかない。

義元は、武田家と北条家が同盟を結んだことを知らないふりをして、晴信に対して、北条家を攻めるための援軍を要請したのである。

武田と北条の同盟はいまや周知の事実となっているが、晴信から義元に対して、同盟の件についての事前の説明はひとつもなかった。だから知らないと言い張れば、これまで武田は同盟者として今川の北条攻めに何度も力を貸してきたのだから、今川からの援軍要請はごく自然なものだ。

だが、新たに北条と同盟を結んだ武田にとって、これは到底応じることのできない相談である。途端に、晴信は北条と今川の板挟みに陥る羽目になった。

義元め、儂への当てつけでこんなことを言ってきおる。忌々しい奴――

晴信はしばらくむっつりと黙りこんだあと、呻くように小声で呟いた。

「……雪斎殿も、我が武田のいまの状況を知らぬわけでもあるまい」

雪斎は当然、すべてを知っている。知ったうえで白々しく答えた。

「それは、なんのことでございますか？」

「……武田と、北条の間柄のことじゃ！」

「それは、日々激しい戦いに明け暮れているという意味にございますか？」

「う……」

「武田と今川は、ともに北条と戦ってきた盟友にございましょう。不倶戴天の宿敵である北条を打ち倒すこんな絶好の機会を、みすみす指をくわえて見逃す手はありますまい。ぜひ、晴信様のお力添えを頂きたく」

あまりにも当てつけがましい義元の言い分に唖然として言葉も出ない晴信に対して、雪斎は何食わぬ顔で義元からの親書を一方的に押し付けると、挨拶もそこそこにさっさと帰ってしまった。


駿河に戻った義元は、雪斎の報告を聞いて、腹を抱えて二人で大笑いした。

「ははは。晴信の奴め、私を見くびった報いじゃ。北条と今川の板挟みになって、せいぜい苦しむがよかろう。あ奴の苦りきった顔を、ぜひ見てみたかったものよ」

「ええ。まるで絵に描いたような、苦虫を噛み潰した顔をしておりましたよ。さて、これで武田殿はどう出てこられますかな」

「なあに。武田がどう出てこようが、我らのやることは変わらぬ。ただ全力をもって北条を叩くのみじゃ」

五月に武田と北条の同盟を知った義元は、七月には早くも北条領への侵攻を開始していた。

侵攻に先立ち、義元は扇谷上杉家と山内上杉家に使者を送っている。

七月に一斉に兵を出して北条を挟み撃ちにしようという義元の提案に、彼らも大喜びで一も二もなく賛同した。これによって北条家は北と西から同時に敵を受けて、兵を分散しなければならなくなった。

そのせいか、今川家を迎え撃つ北条軍は、これまでの戦いよりも明らかに厚みに欠けていた。それを見た義元の、今度こそは絶対に勝てるという自信が兵たちにも伝播したか、今川軍もかつてないほどの奮戦を見せた。

迎え撃つ北条軍を蹴散らし、今川軍は富士川を越えて順調に東に向けて侵攻していく。すると八月、晴信から会談をしたいとの申し入れがやってきた。

ついに来たな、と義元は満足げにうなずくと、善得寺で会おうと武田の使者に返答した。二人の会談が行われたのは八月十一日のことである。


「これはこれは晴信殿。遠路はるばる駿河までご足労頂き、誠にかたじけない」

「義元殿も相変わらず、ご健勝の様子で何より」

義元が晴信と会うのは二年ぶりくらいのことだ。父の信虎は義元が少々うんざりするほど頻繁に駿河に遊びに来ていたので、それと比べると両家の関係もずいぶんと淡白になったものだ。久しぶりに会った晴信は立派な髭をたくわえ、当主としての貫禄もついてきたように思えた。

晴信は薄っぺらい笑みを顔に貼り付けて挨拶をしたが、その目はちっとも笑っていなかった。相変わらず信の置けぬ男だと義元は思い、少しだけ晴信に意地悪を言ってみたくなった。

「おかげさまで、私は元気そのものです。それから、舅殿も五十を過ぎてますます盛んで、こないだまた御子が生まれましたぞ」

「はあ、そうでございますか」

義元が開口一番、追放して義元に押し付けた父親の話を始めたので、晴信は気まずさに表情を曇らせた。義元はその表情に気づかないふりをして、機嫌よさげに信虎の近況を喜々として語り続ける。

「舅殿にはこれでもう、駿河に来られてから男が二人、女が一人生まれておりますからな。国主の重責から解放され、時間も腐るほどある。子作りに励むくらいしか、やることもないのでしょう」

「……」

義元がそんなことを言うので、晴信は黙りこくってしまった。本当は言いたいことがたくさんあるのに、この気まずい雰囲気では到底切り出せそうにない。

「あの……義元殿」

「なんでござるか？」

「戦の具合は、いかがでござろう」

晴信がそれとなく話を振ると、義元は陽気に答えた。

「戦？　北条との戦でござるか。それでしたらもう好調も好調、絶好調じゃ。この調子でいけば、河東を取り戻すという悲願も、案外簡単に果たせそうですな」

「その戦、本当に続けるおつもりか」

晴信が言いにくそうに聞くので、義元は不思議そうな表情を作って答えた。

「続ける？　いや、そもそもなぜ止めねばならぬのです？　北条は上杉と今川に同時に攻め込まれて青息吐息。さらに晴信殿の援軍を頂ければ、一気に相模まで攻め込んで奴らを滅ぼすことすら夢ではござりませぬぞ。止めるのは戦などではなく、北条の息の根のほうでござりましょう」

面白くもない冗談を言ってハハハと笑う義元に、この男、一見すると淡白そうに見えて案外根に持つ質なのだな、と晴信はうんざりした。

「義元殿、もうご勘弁くだされ。武田と北条がいま、どのような仲なのかは義元殿もよくご存じでござりましょう」

「はて、なんのことやら」

とうとう晴信は耐えかねて、少しだけ苛立たしげな声で言った。

「とぼけるのもいい加減になされよ、義元殿」

それまで戦っていた敵と一転して手を結ぶことなど、どの大名も普通にやっていることだ。利があれば手を組み、利がなければ手を切る。それはこの乱世における一般常識であって、そんなに血相を変えて怒るほどの裏切りではない。そんなことは義元だって十分承知しているはずなのに、この男は何をさっきからグチグチと嫌味を言ってくるのか。晴信には義元の態度がまったく理解できなかった。

だが、晴信がその言葉を発した途端、義元の態度が一変した。

「……なんだと？」

まるで晴信を睨み殺しかねんばかりの、冷たい情念のこもった視線で、義元は晴信をギロリと睨みつける。こんな表情もできるのかこの男、と晴信は意外に思いながら、体が勝手にゾクリと震えあがった。

義元が、低く抑えた凄みのある声で言う。

「いい加減になさるのは、晴信殿のほうにござろう」

「え？」

「さっきから貴殿は遠回しに、状況を察してくれ、言わずともわかっているだろう、などとムニャムニャ言うばかりで、一度たりとも自分の口から説明をしようとせぬ」

「いや、それは――」

「人の信義も消え果てた末法の世じゃ。昨日までの友が、利がないと見るや今日から敵になることも珍しくはないことは私にもわかっておる。

だが、そんな世だからこそ、信義に背く行いには力をもって代償をきちんと払わせねばならぬと私は思っている。かつて私も、北条氏綱殿と手を切って貴殿の姉上を正室に迎え入れた代償として、河東を失ったからな。

さあ晴信殿。私はこれまで同盟者として、自分なりに誠実に貴殿とお付き合いしてきたつもりだ。それゆえ私も、まずは貴殿に誠実さを求めたい」

「……」

それでも往生際悪く、じっと黙りこくっている晴信を、義元が一喝した。

「貴様の口から、きっちり説明をせいと言っておるのだ晴信ッ！」


交渉相手を怒鳴りつけるなどしたら、交渉決裂どころか、その場で即座に斬り合いになってもおかしくない。だが、晴信は不思議なほどに義元に対して怒りが湧いてくることはなかった。ただ呆然と、こいつはこんなふうに怒りを露わにできる男だったのか、という新鮮な驚きだけが頭の中を占めていた。

晴信はがっくりと肩を落としたまま、しばらく無言でいた。その後、まるで悪戯を見つかって親に叱られている子供のように、ぽつりぽつりと説明を始めた。

「姉が今川に嫁ぎ、武田と今川の同盟が始まって八年……この間私は、今川との同盟をずっと大事にしてきた。誤解を生むような振る舞いをしてしまったことは詫びるが、今川とともに生きたいという心は、いまでも変わらぬ……」

「言っていることとやっていることが、まったく違いますな、晴信殿」

「義元殿……賢明な貴殿ならおわかりになるであろう。我々を取り巻く状況は刻々と変わってきておるのじゃ。

　我が武田にとって、目下の最大の敵は信濃の村上家と、武蔵の扇谷上杉家だ。北条とはもう何度も戦いすぎて、これ以上戦いを続けても決着がつかぬことは互いに薄々わかっている。ならばもう、勝ちも負けもない互角の相手と不毛な戦いを続けるくらいなら、手を組んでともに上杉家と戦うほうがよほど利がある」

「それは、武田と北条の間の事情でござろう。今川は関係ござらぬ」

「……」

「晴信殿。私も、信虎殿と私の信義から始まった、この武田と今川の誼《よしみ》を壊したくはない。それゆえ武田とは今後とも親しくしていこうと思う。だが、それはそれとして、今川は今川の道を行かせてもらう。晴信殿には頼れる同盟者として、これまでどおり、ぜひ援軍をお願いしたい」

　一切ゆるがない義元の態度を見て、晴信は目が泳ぎ始めた。

　晴信はこの会談の前に北条氏康から、武田が仲介役となってなんとか今川を止めてくれと哀願されていた。それなのにここで晴信がなんの成果も出せなければ、せっかく苦心して結んだばかりの北条との同盟も、いったいなんの意味があったのかと一気に白けてしまうだろう。晴信が思い描いていた戦略構想が白紙に戻るかどうかは、目の前に座っている義元の心づもりにすべてが懸かっているのだ。

とうとう晴信は深々と頭を下げ、絞り出すような声で義元に懇願した。

「この晴信が仲立ちを務めますゆえ、どうか、どうか北条と和睦し、矛を収めて頂けませぬか」

「ほう、和睦とな。こちらが勝っているのに和睦をせよと。これはまた、我が信頼する同盟者とは思えぬ、異なことを申されますな」

「何卒、この晴信の顔を立てて、折り合いをつけて頂きたく」

「ふむ」

憔悴しきった晴信の顔を見て、このあたりが潮時だなと義元は思った。

これ以上晴信を追い詰めると、今度は開き直った晴信が北条と接近し、両者で手を組んで今川を倒そうなどという変な話にもなりかねない。晴信は上杉家との戦いで利があると考えて北条家と手を組んだだけで、別に今川家を裏切ろうというつもりは最初からないのだ。

「……わかりました。ほかならぬ晴信殿のお願いでござる。考えておきましょう」

そこでようやく義元は声を和らげ、にっこりと微笑んだ。晴信もその笑顔を見て緊張が解けたか、眉を下げて小さなため息をひとつ吐いた。

その後、いったん甲斐に戻った晴信は、九月になって援軍を連れて駿河国にやってきた。だがそれは今川への義理を果たすための形ばかりの援軍で、富士川を渡らずに今川の領内でじっとしており、北条との戦いに出る気配はない。

その間も、今川軍は堤を破ってあふれ出す富士川の氾濫のように、河東をじわじわと切り取り続けている。富士川のすぐ東側にある吉原城は、北条にとって富士川を渡って攻めてくる今川勢を食い止めるための重要拠点だったのだが、もはや周囲をすっかり今川勢に切り取られ、敵中にぽつんと孤立した離れ小島のようになっている。

義元が焚きつけた山内と扇谷の両上杉家も順調に北条軍を突き崩しており、ついに武蔵国の河越《かわごえ》城を包囲するまでに至った。河越城はもともと扇谷上杉家の本拠地だったのだが北条家に奪われて久しく、この本拠地を取り戻すことは扇谷上杉家にとっての悲願である。

戦いの勢いというものは、一度どちらかに傾きはじめると、ある段階から先は一気に均衡が崩れるものだ。上杉と今川の両面から同時に攻撃を受け、北条家がいよいよ窮地に追い込まれたのを見るや、それまで日和見をしていた関東の諸勢力たちがこぞって北条に反旗をひるがえした。

もともと、不世出の英雄である始祖・北条早雲が伊豆で旗揚げをして以来、破竹の勢いで力を伸ばしてきた北条家をよく思わない周辺勢力は多い。それでも彼らはいままで、強力な北条軍にいいようにやられて仕方なく黙っていた。そんな者たちが、北条が落ち目になったと見るや一斉に掌を返したのだ。

中でも北条家に大きな衝撃を与えたのは、足利晴氏《あしかがはるうじ》の変節だった。名ばかりの主君であるとはいえ、北条家はいちおう、足利将軍家に連なる足利晴氏の家臣という立場を取っていて、晴氏の命令だという錦の御旗のもとに敵対する勢力を征伐していた。晴氏も北条の軍事力を背景にして、もはや死に体となっている将軍家の威信をかろうじて保っていた。

そんな、互いに持ちつ持たれつの関係だった足利晴氏までもが両上杉家にあっさり鞍替えして、一緒になって河越城を囲んだのである。早雲以来、三代にわたって少しずつ積み上げてきた北条家の関東進出に向けた戦略は、もはや完全に崩壊したと言ってよい。

かくなる上は、氏康としてはもはや悠長に西のほうで今川と戦っている場合ではなかった。今すぐにでも兵を引いて、何重にも包囲されながら城に籠って孤軍奮闘する河越城主・北条綱成《ほうじょうつなしげ》を救援に行かねば、北条家そのものが家臣たちの信頼を失って空中分解してしまう。

九月十四日、今川との和睦を斡旋してほしいと、北条氏康から武田晴信に宛てて改めて依頼の書状が出された。それと同時に氏康は、今川勢の中にぽつんと孤立していた吉原城を放棄して三島まで撤退した。三島よりも西側の土地は諦めるので、これで手打ちにしてほしいという意思表示である。

北条が吉原城から撤退したその日に、晴信が義元の陣を訪れている。

「北条はこれ以上の戦を望んでおりませぬ。どうかこれで兵をお退きください」

だが、義元の態度はつれなかった。

「退いた氏康殿の軍は、三島の長久保城に入っておられる。つまり氏康殿は、吉原城は譲っても三島までは譲らぬという意思であることに間違いございませんな」

「え？」

「八年前、我々が河東を氏綱殿に奪われるまで、三島は我が今川の領地でございました。我々が望むのはあくまで奪われた河東の完全回復ゆえ、これは長久保城を落として、力ずくで三島を取り戻さねばならぬようです」

「今すぐ氏康殿と話をつけます！　しばしお待ちをッ！」

まだ席も温まらぬうちに、晴信はあたふたと席を立って、氏康との交渉のために去っていった。すぐに氏康の陣に行って話をつけて戻ってくるのかと思いきや、晴信はなかなか戻ってこない。晴信が再び義元の陣にやってきたのは翌朝のことだった。

晴信によると、この期に及んでもまだ氏康は三島の領有を諦めてはいないらしく、結局この日も和睦を巡る交渉は合意に至ることはなかった。

「氏康殿……この粘り、貴殿はまだ希望を捨ててはおらぬということだな」

決して表には出さないが、義元は氏康の折れない心に感服していた。今川と両上杉に攻め込まれ、もはや北条の運命は風前の灯だというのに、氏康は決して安易には引き下がらない。

驚くべきは、これだけ敗勢必至の状況でも、兵たちが氏康を見限ることなく高い士気を保ち続けていることだ。この御方ならきっとなんとかしてくれる、最後は勝ってくれるという絶対の信頼を勝ち得ているからこその粘りであろう。義元はそんな氏康が心底うらやましかったが、これは氏康が何年もかけて身をもって兵たちの信頼を勝ち取ってきた結果なのだから、うらやむのではなく自分もかくあらねばならぬと考えを改めた。

義元はその後も攻撃の手を緩めず、火を噴くように各地の北条の砦を攻め立てた。

さすがの北条も、その勢いに耐えかねてじりじりと後退を余儀なくされたが、今川方の損害も予想以上に大きくなっている。これほどまでの北条の強さは正直言って計算外だった。

義元のもうひとつの誤算は、河越城が一向に落ちないことだった。両上杉家に足利晴氏まで加わった攻め手は総勢八万人とも言われたが、それほどの大軍に包囲されながら、城主の北条綱成はわずか三千の兵を率いてよく持ちこたえていた。

「あれだけの兵で囲んで城ひとつ落とせぬとは、まったく役に立たぬ上杉の奴らめ。古臭い家風にあぐらをかいて、攻めが手ぬるいのじゃ。数だけは多くとも、しょせん利害で手を結び、勝てると思ったから集まっただけの烏合の衆か」

これは急いで決着をつけねばならぬ、と義元は焦った。上杉がだらだらと時を費やし、北条に態勢を整える余裕が生まれてしまう前に、長久保城を落として河東を今川の手に取り戻さねばならない。


結局、すぐに落ちるかと思われた長久保城はその後もしぶとく持ちこたえ、晴信を仲介人にしての義元と氏康との和睦交渉は、二か月近くの長きにわたって続けられることになる。

三島まで譲るわけにはいかぬと氏康は最後まで渋っていたし、優勢に戦いを進めている義元も引き下がる気はさらさらない。河東は両家にとって因縁の地である。北条と今川という大看板を背負っている二人は、家臣たちの手前、そうそう安易に譲歩するわけにはいかないのだ。

加えて、二人の間に入った仲介役の晴信が策の多い男であることも交渉をいっそうややこしいものにした。

交渉の場では氏康の言葉を晴信が代弁する形となるが、あの氏康がこんな歯切れの悪いことを言うだろうか？　と義元はたびたび疑念を抱いた。

それで、氏康の言葉の詳しい内容について晴信に細かく問いただすと、やはりその言葉は晴信の手で、嘘ではないが本当でもないといったふうに絶妙に説明の一部が省かれたり、憶測に置き換えられたりしていた。晴信にしてみれば、このめんどくさい不都合な案件が一刻も早く片付いてくれれば、あとはどうでもよいのだ。

晴信が小細工をするたびに雪斎と義元が目ざとくそれを見抜いて指摘をするので事なきを得ているが、もし晴信の言葉を鵜呑みにして話を進めていたら、きっとこの和睦はその場しのぎの安易なものとなっていただろう。そして、双方が自分に都合よく解釈した曖昧な部分が、すぐに大きな禍根となって火を噴いていたに違いない。

結局のところ、和睦成立の最後の決め手となったのは今川軍の強さだった。

今川勢が各地の支城や砦を落として長久保城を追い詰め、もはやこれ以上は持ちこたえられぬという状況まで氏康を強引に追い込んだ。そのことでようやく氏康も折れ、長久保城を引き払うことを条件に停戦が成立することになった。

「やれやれ……なんだか晴信の奴に散々振り回されて、無駄な回り道をさせられたような気がする。これではむしろ、氏康殿と私で直接話をしたほうが早かったわ」

「武田殿は一筋縄ではいかぬ、したたかな方でござりますな。実に手強い」

「ああ。不倶戴天の敵とはいえ、氏康殿のほうがまだその言葉に信が置ける。少なくとも、氏康殿は一度口にした言葉は裏切らない」

「氏康殿とお会いして、話をしたかったですか」

いきなり雪斎がそんなことを言うので、義元は面食らった。

「……氏康殿は命を懸けて殺し合っている相手だぞ。お互いに気まずいであろう」

なんだか照れたような義元の顔を見て、雪斎は高らかに笑った。

「ははは。そうでござりますな。さすがの拙僧も、いま氏康殿との面談の場をしつらえるのは無理でござります。ま、いずれ機が熟したら」


そんなふうに雪斎と談笑しながら義元が書いているのは、晴信との間で交わす予定の書状だった。

今回の交渉では「言った」「言わない」という言葉の行き違いがあまりに多かった。そのことに辟易した義元が、今後、今川と武田の間で重大なことを相談する時は、必ず義元と晴信が自筆の書状でやりとりすることにしようと申し入れ、それを誓い合うものである。

「こんな書状を交わしておかねば、ろくに相談もできぬような相手が同盟者とは。まったく、信虎殿が治めていた頃の武田はよかった」

そう愚痴を漏らす義元に、雪斎は「誠におつかれさまでござりました」と優しくいたわりの言葉をかけた。


十一月六日、北条軍が長久保城から撤退し、今川義元はようやく悲願であった河東の奪還を果たす。この地が北条氏綱に奪われてから、実に八年の月日が経っていた。

「これでやっと……やっと振り出しに戻したぞ、雪斎」

そう言った義元の顔に浮かんでいたのは、喜びというよりはむしろ安堵感のように見えた。それもそうだろう、と雪斎は思う。

北条に河東を奪われていたことは、寿桂尼に対する負い目として義元の心をずっと苛んできたのだ。しかしそれもついに解消し、義元はようやく母に対して胸を張れるような気がした。

「雪斎、私はここからだ。これはあくまで、受けた借りを返しただけのこと。ここから先はようやく、私は今川の当主として自分の働きをすることができる」

「左様でござりますな。誠に、おめでとうございます」

雪斎がにこにこと微笑みながら頭を下げると、義元も珍しくやけに明るい口調で、

「ははは。やったぞ。私はやったぞ」

と何度も何度も繰り返した。

死まであと十五年

十八年目　天文十七年（一五四八年）　今川義元　三〇歳

「うつけ者、とな？」
「はい。『尾張の大うつけ』だと評判で、この体たらくでは、弟の信行《のぶゆき》殿が織田家の家督を継ぐほうがよいのではないかという声も高いとか。そのせいで、織田家は家中に動揺が広まっているらしいですぞ」

義元が雪斎の口からその名を聞いたのは、この時が初めてのことだった。

織田信長《おだのぶなが》、一五歳。

尾張を支配する織田信秀の嫡男であるこの若者は、二年前に元服し、今年、美濃国（岐阜県）を支配する斎藤道三《さいとうどうざん》の娘、濃姫《のうひめ》を正室に迎えていた。両家の婚姻は、長らく敵対していた織田信秀と斎藤道三が和睦した証となるもので、非常に重要な意味を持つ。それだけに、濃姫を娶った信長がいずれ織田家の家督を継ぐことで間違いないとは思われるが、まさかそんな馬鹿げた理由で波風が立っているとは。

「大うつけとは、いったいどんな振る舞いをする男なのか」

「なんでも、袖を外した浴衣に半袴をつけ、腰に火打ち袋やらさまざまな物をぶら下げるという奇抜ないでたちに、髪は茶筅髷[12]。そんなわけのわからぬ格好で、柄の悪い手下どもを何人も引き連れては、城下を日々ほっつき歩いているという話です」

そう説明する雪斎も、どこか自信がなさげである。雪斎も実際に信長の姿を見たわけではないので、本当にそんな馬鹿げた身なりをしているのか、見間違いか誇張ではないのか、と何度も確認したのだ。だが、さまざまな筋から同じような噂が伝わってくるので、にわかには信じがたいがそれが真実なのであろう。

「なんだそれは。まるでお家の恥さらしじゃな。愛娘の夫にそんな者をあてがうとは、斎藤道三殿もさぞ怒ったのではないか」

「いえ、それが意外なことに、斎藤殿とこの織田の嫡男は会ってみたら意気投合して、斎藤殿はこのうつけ者をいたく気に入っているらしいと聞いております」

「それはなんとも面妖な……やはり、成り上がり者の考えることはわからぬ」

信長の舅となった斎藤道三は、もとは妙覚寺の僧だったとも油問屋だったとも言われる素性の知れぬ男である。そんな卑賤の身から美濃を支配する土岐《とき》家にまんまと取り入り、最後は主を追い出して一国をまるまる乗っ取ってしまった。

まさに昨今の乱世を象徴するような道三のごとき男であれば、信長の大うつけぶりも好意的に解釈できるのだろう。だが、由緒正しい今川家に育った義元にとって、このような男は理解の範疇を完全に超えていた。

「まったく。せっかく嫡男に生まれて、父親からも家督を継げと指名されている安泰な身だというのに、どうしてわざわざそんな波風を立てるような行いをするのか。跡継ぎが不甲斐ないと家臣たちが迷惑するということをわかっておらぬのか」

家督相続をめぐって兄の玄広恵探を殺さざるを得なかったことを、義元はいまだに後味悪く思っている。それだけに、自分よりもずっと恵まれた立場にいながら自ら進んで問題を起こしている信長という男の馬鹿さ加減に、義元はなんだか腹が立ってきた。

「去年に初陣も果たしているというが、どんな様子だったたか」

信長の初陣は今川家との戦いだったという。義元はその時の様子を尋ねた。

「取るに足らぬ小競り合いですから、特になんとも。初陣は縁起をかついで絶対に勝てる戦に出すものですからな。采配も実際には配下の者がやったのでしょう」

「ちゃんと鎧兜は身に付けていたのか」

くそまじめな顔で義元がそんなことを尋ねたので、雪斎は思わず吹き出してしまった。

「ええ。さすがに戦場では袖なし羽織に茶筅髷とはいかぬようで、きちんと鎧を着て兜もかぶっていたようにござりますぞ」

「なるほどな」

大うつけと呼ばれている織田の嫡男の話題は、それで終わりとなった。

今川家としては、自国の西に控える強大な勢力である織田家をそのような馬鹿者が継いで国をめちゃくちゃにしてくれたら、これほどありがたいことはない。現当主の織田信秀は切れ者でかなり厄介だったが、そんな彼もあと少しで四〇であり、もう十年もしないうちに織田家も必ず代替わりの時が来る。その前後は間違いなく、今川家にとっては西に進出する絶好の好機になるはずだ。


ここ三年ほどの期間は、今川家と義元にとっては非常に充実した時期だったと言える。第二次河東一乱と呼ばれた三年前の戦いで、義元は見事に河東の地を取り戻し、今川家が北条家に対して互角に戦えることを周囲に示した。

それは、義元が地道にまいた種が徐々に結実し、今川家が古臭い守護大名から機能的な戦国大名に生まれ変わったことの何よりの証であった。もちろん、義元の巧みな外交戦略が北条家の力を削ぎ、武田晴信を大いに慌てさせたことも大きい。

第二次河東一乱を通じて、安易に今川義元にちょっかいを出すと痛い目に遭うということを、誰もが骨身に沁みて理解した。そのせいか、それまで今川家と他家の国境で頻発していた小競り合いは、最近すっかり静かになっていた。

なお、義元の策によって上杉家と今川家に同時に攻め込まれ、一時は存亡の危機に追い込まれていた北条家は、その後に奇跡の大逆転勝利を果たしていた。すなわち、日本三大奇襲として世に名高い河越夜戦である。

義元の提案に呼応して北条家に攻め入り、河越城を包囲した兵の数は総勢八万人。扇谷・山内の両上杉家と足利晴氏を筆頭とする、関東の豪族たちの連合軍だ。

それに対して河越城を守るは、北条氏康の義弟、北条綱成が率いるわずか三千の兵である。これでは勝負になるはずもなく、すぐに降伏するだろうと誰もが思ったが、猛将・綱成が率いる北条軍の戦意は高く、その絶望的な状態でなんと半年以上も持ちこたえた。

その間、氏康は河東をめぐる今川家との戦いで、屈辱的な内容ながらもなんとか義元と和睦を結び、戦いを終結させた。これで両上杉家との戦いに全兵力を集中させられるようになった氏康はただちに河越城の救援に向かう。だが、それでも氏康が率いる兵は八千人。十倍近い敵を相手に、勝ち目がほとんどないことは明白だった。

そこで氏康は、敵を油断させるべく策を用いる。

氏康から上杉家に対して、偽りの降伏を申し出る書状を何通も出したのだ。いまが北条家を滅ぼす絶好の機会と見た上杉家は、降伏など認めず氏康の軍に攻めかかったが、氏康はろくに戦わずに府中まで兵を退いた。

これでいよいよ連合軍は北条軍をあなどり、これは楽勝だと弛緩した空気が蔓延した。まさに氏康が狙っていたのはこの油断で、四月二十日の深夜、氏康は八千の兵を三隊に分け、一隊を後詰に残して自ら出陣する。

敵陣を前に、氏康は兵たちの鎧兜を脱がせて身軽にさせた。

無防備な敵の寝込みを襲う夜襲ゆえ、反撃を受けることはない。だから守りを捨てて機敏に動けという氏康の意志である。逆に言えば、甲冑がないので一撃でも反撃を食らえば致命傷となるわけだが、むしろその思い切りのよい覚悟が兵たちの魂に火をつけた。

これだけの数の敵が相手だ、どうせ死ぬ。どうせ死ぬならば一人でも多くの敵を討ち取って死のうぞ――

甲冑を捨てたことでそんな開き直った心境に至った北条軍は、一丸となって山内・扇谷両上杉家の陣に突入し、眠っていた敵を手当たり次第に突き殺していく。まさかの夜襲に完全に虚を突かれた上杉軍はあっけなく壊滅、なんと扇谷上杉家の当主、上杉朝定《うえすぎともさだ》が混乱の中で討ち取られるという事態となった。山内上杉家の当主、上杉憲政《うえすぎのりまさ》はかろうじて戦場を脱出したものの、多くの重臣たちを失った。

河越城内にいた北条綱成も、氏康の軍と示し合わせて城門を開いて打って出て、こちらは正面にいた足利晴氏の軍に襲いかかる。

「勝った、勝ったぞ」と叫びながら、嵩に懸かって攻め寄せる綱成の兵の数は晴氏の軍よりもずっと少なかったが、生死のかかった戦いの場で勝敗を決するのは兵の数以上に勢いである。半年以上にわたる苦しい籠城戦の鬱憤を晴らすかのように綱成は猛攻を加え、晴氏の軍はたまらず遁走した。


奇跡の夜が明け、戦況が徐々に明らかになる。

総勢八万を称していた上杉連合軍の死傷者は、一万三千人とも六千人とも言われた。当主を失った扇谷上杉家はほどなくして滅亡。北条家をあっさり切り捨てた足利晴氏が逆に無様に敗れたことで、足利幕府の関東における権威は回復不能なまでに失墜した。

かたや勝者の北条家は、この鮮やかな大逆転勝利を機に、名実ともに南関東の覇者としての地位を確立した。この後、氏康は関東全域の支配を目指して山内上杉家との戦いを本格化させることになる。


駿府城の城内で、雪斎と義元はくつろいで二人だけで話をしていた。

「長年の宿敵ではあるのだが、私は不思議と、氏康殿を嫌いにはなれぬのじゃ」

「以前から、義元様はそう仰られておりましたな」

「ああ。かの御仁は、どうにも他人のような気がしない」

まるで婦人のような顔をしていたあの男が、十倍近い数の敵に夜襲をかけるにあたり、身軽になるため甲冑を脱げと命じた。死ぬことを微塵も恐れない、なんたる壮絶な覚悟だろうか。

義元も最近では進んで敵前に出て兵を指揮するのが当たり前になったので、多少の生傷を負うことも珍しくなくなった。

これでやっと少しはお主に追いつけたかと、義元は遠い空の好敵手に向かって心の中で呼びかけたものだが、氏康は自らをさらに死地に追い込み、河越夜戦という奇跡的な勝利を自らの手で摑み取った。追いついたかと思えば、氏康はまた一歩先に進んでいる。

重荷を背負っているのは、決して私だけではない。負けてはおられぬようだな――

こうして、最近は東の北条との争いは小康状態となっていたが、かと思ったら休む間もなく今度は西で問題発生である。いま義元の頭を悩ませているのは、竹千代の強奪事件であった。

それは、昨年に起こった。

義元に保護され、その後押しで岡崎城を取り戻した松平広忠は、今川家への忠誠の証として五歳になる嫡男の竹千代を人質として今川家に差し出すこととなった。裏切りが日常茶飯事であるこの時代、人質の提出はごく当然のように行われていた習慣であり、取り立てて残酷なことでもない。

ところが、駿府の今川館に向けて岡崎城を出発した竹千代がなんと、旅の途中で拉致されて織田家に連れ去られてしまったのである。竹千代が宿泊した田原城の城主・戸田康光《とだやすみつ》が、竹千代の身柄を手土産に織田方に寝返ったのだ。

「康光め……あ奴の寝返りのせいで、三河の状況はまたわからなくなった」

「まあ、松平広忠殿の義理堅さが、唯一の救いでございますな」

苦々しい顔で悔しがる義元は、対三河戦略の全面的な練り直しに向けて、雪斎と二人であれこれ頭をひねっていた。

今のところ松平広忠は、私は何があっても今川への義理を果たす、竹千代はもう諦めるしかない、と言ってくれている。それは義元にとってこの上なくありがたい事ではあったが、誰もが簡単に掌を返すこの乱世において、そのような人の心に頼って策を考えることなど到底できない。

雪斎と二人、ああでもないこうでもないと長いこと知恵を絞ってみたが、決定的な名案は出てこなかった。疲れきった義元が、天を仰いで嘆いた。

「駄目だな。竹千代が織田方に奪われた状態では、どう順調に事が運んでいたとしても、広忠殿が裏切った途端に全部ひっくり返されてしまう」

広忠が自分を裏切るような男ではないことは、義元も重々承知している。だが、かといって、広忠の善意を前提に戦略を練るような甘さでは大名失格である。いつ広忠が織田家に寝返っても大丈夫なように、義元は何重にも保険をかけたうえで今後の戦略を練り直さざるを得なくなった。その結果、これまで無数にあった選択肢の大部分が消滅し、義元の構想はひどく窮屈なものになった。

なお、余談だがこの竹千代こそが、後に天下人となる徳川家康《とくがわいえやす》である。家康はその人生において何度も生きるか死ぬかの瀬戸際を切り抜けてきたが、人生で最初の生命の危機はこの時だった。この時もし、今川に義理立てを続ける広忠に激怒した織田信秀が竹千代を殺していたら、日本の歴史はいまとはまた違うものになっていたはずだ。

疲れを隠せぬ表情の義元を見て、雪斎は意を決したように口を開いた。

「義元様。気休めかもしれませぬが、ひとつだけ次善の策があります」

策があると言うわりに、雪斎の顔色は冴えない。

「雪斎、それはどのようなものか」

「私にしばらく、広忠殿をお預け頂けませぬか」

「預ける？」

雪斎が提案したのは、自分がしばらく義元のもとを離れ、岡崎城に入って松平広忠の側で暮らすというものだった。

「お目付役ということか」

「ええ。簡単に言ってしまえば、広忠殿が裏切らないための見張りです。普通の今川家の家臣がそんなことをしたら広忠殿は針の筵でしょうし、義元様は自分のことを信頼していないのかと、気分を害されることもあるでしょう。

ですが拙僧は寺に身を置いており、今川家で軍を率いることもあるとはいえ、あくまで立場としては義元様のかつての師僧にすぎませぬ。私は岡崎城には入らず、軍議の時以外は近所の寺で暮らすようにしますので、自分が見張られているという居心地の悪い思いを広忠殿がお感じになることも少なかろうと思われます」

「おお……たしかにそれは名案かもしれぬ」

圧迫感を与えずに監視をするという非常に難しい役どころだが、話題が豊富で飄々と場を和ませるのが得意な雪斎ならば、きっと巧みな世間話と法話を交えて、息苦しさを広忠に感じさせずに上手に操縦してくれるに違いない。

「ですが、あくまでこれは次善の策。この程度で広忠殿の裏切りを絶対に止められるとは言えませぬ。万が一、広忠殿が今川を裏切ると腹を決めたとしたら、その時に真っ先に狙われるのは、この老いぼれ坊主の首でしょうなぁ」

そう言って雪斎は、閉じた扇で自分の首をペシペシと軽く叩いた。あっけらかんとした表情ではあったが、その軽い口調の裏には熟慮の末にたどり着いた重い決意があることを、義元はよく理解していた。

広忠殿が裏切ったら、広忠殿を止められなかった責任を取って私も死にます——

雪斎が言っているのは、要するにそういうことだ。

ただ、冷徹な計算のできる雪斎が、みすみす死ぬような無謀な提案を自分からすることはない。彼も、松平広忠という真摯な男のことを信じているのだ。それでも裏切られたのなら、それはもう自分の人を見る目がなかったと諦めて、死ぬのも仕方あるまいと腹をくくったのである。

しばらく考えたあと、義元は雪斎の提案を了承した。雪斎は、義元が自分の決意を尊重してくれたことに満足そうな笑みを浮かべた。

「義元様。我々の戦略は、広忠殿が決して裏切らないという前提に沿って進めましょう。そのうえで、早々に大軍を立てる準備を整え、一刻も早く織田家を三河から駆逐するのです」

「雪斎……そなたの手腕、頼りにしておるぞ」

「はい。お任せくださりませ」


かくして雪斎は駿府の今川館をあとにして、三河の岡崎城に入った。

織田信秀は竹千代を楯に取って、織田方につくよう広忠に執拗に呼びかけていた。しかし、広忠は毅然としてその要求を拒み続けた。言葉での説得は通じぬ男かとしびれを切らした信秀は、ついに安祥城から岡崎城に向けて兵を出発させる。

竹千代様が人質に取られているのに、殿は本気で織田家と戦うつもりなのか――

岡崎城内に戦慄が走った。

儒教の倫理が持ち込まれ、忠義の大切さがやかましく言われるようになった後の世と違い、この時代、味方を裏切って敵方に寝返ることは生きるための当然の戦略であって、そこまで咎められるようなことではない。

むしろ、自分の子すら簡単に見殺しにする主君であるということは、家臣などはそれ以上に簡単に見殺しにしかねない主君でもあるということだ。主君の義理堅さを誇りに思うよりも、背筋を寒くする家臣のほうが多かった。

広忠は雪斎を岡崎城に呼び、戦の進め方についての意見を求めた。すると雪斎がなんのためらいもなく、

「やはり、竹千代殿を人質に取られて戦うのは分が悪いですな」

などといきなり言い出したので、広忠は思わず目を丸くした。

どんなに深刻な問題でも、まるで老人の茶飲み話のように気楽に話すのが雪斎の流儀である。見方によっては無責任にすら見える態度だが、政などはむしろ他人事くらいの冷めた目線で、一歩引いたところから考えるくらいでちょうどいいのです、と言って雪斎はまったく気にすることもない。義元などはこのやり方にすっかり馴染んでいるが、雪斎のことをまだよく知らない広忠は面食らった。

雪斎は今川方の人間で、広忠の監視役とも言える立場だ。そんな人間が、今川側について戦うのは分が悪いなどと堂々と言うのだ。状況はたしかにそのとおりではあるのだが、それにしても他家の人間に対しては、もう少し聞こえがよくなるように取り繕って話をするものではないのか。

「鉄石のごとき広忠殿の信義は、今川にとって本当にかけがえのないもの。しかし、今川に義理立てしたばかりに広忠殿が敗れて、三河を失ってしまったら元も子もありませぬ」

今川の事情などお構いなしに、どことなく中立者のような口ぶりで会話を続ける雪

斎を、広忠は慌てて遮った。

「雪斎殿。それ以上は言ってくださるな。そのお気持ちだけで儂は十分でござる。かつて義元殿から受けた恩を仇で返すようでは、この広忠、犬畜生にも劣るものに成り下がってしまう。これは儂が、人であるために必要なことなのです」

広忠はそう言ってにっこりと力強く笑い、その他さまざまな相談を終えると、立ち上がって岡崎城本丸の広場に出て行った。広場には城内の組頭以上の者たちが集められている。

広忠は、若々しい張りのある大声で、広場を埋め尽くす家臣たちに向かって力強く語りかけた。雪斎はそれを建物の中から遠目で眺めている。

「此度の戦、竹千代が敵方に捕らえられていることで、本当に戦うべきなのかと案ずる者も多いことかと思う。そう思うことは人として当然の心情であり、決して心の迷いでも弱さでもない。かく言う儂も、悩みに悩みぬいた末に、それでも今川方について織田家と戦うべきであると覚悟を決めた」

居並ぶ家臣たちは、戸惑ったような表情で主君の顔を黙って見つめている。

そこで広忠はいったん言葉を区切り、長く間をとった。そして大きく息を吸うと周囲を睥睨《へいげい》し、腹の底から声を張り上げて大喝した。

「ではなぜ、我が子の命を捨ててまで、儂は今川軍とともに戦うのか。それはひとえに、受けた恩に対して、人として果たすべき義理ゆえである！」

一切の迷いのないその迫力に、黙っていた家臣たちが大きくざわつく。

「この広忠は、かつて叔父に命を狙われ、もう何年もの間、この三河を離れて身ひとつで逃げ回ってきた。落ち武者と間違えられ、土民に命を奪われそうになったことも一度や二度ではない。

だがそんな儂を、義元殿は親身になって迎え入れてくれた。あの時、義元殿が手を差し伸べてくれなければ、儂は間違いなく野垂れ死んでいたはずじゃ。そして、儂が死んでいれば竹千代もまた、この世に生まれてくることはなかった。父、清康から受け継いだ松平家の家督も、儂の代で途絶えていた」

朗々とした立派な演説である。どうやら広忠には、人々に切々と語りかけてその心を摑む、類まれな才があるようだ。最初は不安げだった家臣たちの顔色が、少しずつ力強いものに塗り変わっていく。

「儂は一度死んだ身じゃ。だが、義元殿はそんな儂を拾って生かしてくれた。

それゆえ儂は、たとえ竹千代を失うことになろうとも、いまこそこの拾った命を捨てて義元殿の恩義に報いることこそが、人として正しい道であると考えている。

そもそも、義元殿のもとにお届けするはずの竹千代を途中で奪い、その命をもって我に従えなどと脅しをかけるとは、織田家のやり口は実に卑怯千万ではないか。かくのごとき脅しに屈して織田信秀めの下風に立っては、みすみす松平家の武名を汚すことになろうぞ。まさに、三河武士の恥である。

皆の衆……どうかこの広忠の赤心を憐れみ、此度の織田との戦で、皆の力を貸してはくれぬだろうか。卑劣な信秀の奴ばらに、松平家と三河武士の意地を、とくと見せつけてやろうではないか！」

広忠のその呼びかけが終わらぬうちに、居並ぶ家臣たちが一斉に「おう」と雄叫びを上げ、高々と拳を振り上げた。

広忠はその反応が意外だったのか、最初ほんの少しだけ戸惑いの表情を浮かべたが、その後すぐ嬉しそうに力強く微笑むと、家臣たちに合わせて自分も拳を天に向かって突き上げた。家臣たちは一斉に「えいえいおう」と何度も唱和し、その勇ましいかけ声はしばらくやむことはなかった。

松平広忠は、その演説ひとつで動揺する家臣を見事にまとめ上げた。雪斎は広忠を邪魔しないよう建物の中からその様子を眺めながら、満足げに目を細めていた。

翌日、雪斎率いる今川軍と、広忠率いる松平軍は足並みを揃えて岡崎城外に打って出た。攻め寄せる織田家と対峙した場所は、六年前に義元が織田信秀に敗れた時と同じ小豆坂である。

だが、前回の小豆坂の戦いの時の今川軍と、現在の今川軍はまったくの別物だ。

総大将の義元が自ら軍の先頭に立って戦うことが当たり前になるにつれ、上に立つ者こそ進んで前に出て、配下に範を示さねばならぬという意識が家臣たちの間にも自然と植え付けられていった。現在の今川家中では、戦陣で奥に引っ込んでいる者は臆病者と見なされるようになっている。

そんな意識の変化により、今川軍は以前とは見違えるほどに強くなった。東の北条家の脅威が大幅に後退したので、西の織田家との戦いに割ける兵力が以前よりずっと増えたことも大きい。

戦いの勝敗は、戦場での作戦の優劣よりも、戦いが始まる前の態勢固めの段階で八割方決まっている。義元は地道に種をまき、必勝の態勢を黙々と作り上げていた。雪斎の戦いの指揮は実に巧みなものだったが、ここまでお膳立てが整っていれば、おそらく誰が軍を率いても結果は大差なかっただろう。竹千代を人質に取られているという大きな不利を抱えているにもかかわらず、この日の戦いで今川軍は織田軍を完膚なきまでに蹴散らした。

今度こそは三河国の支配者は今川で決まりかと、誰もが思った。

ところが、それでも三河の混乱は終わらない。

その後ほどなくして、松平広忠がなんと二四歳の若さで急死したからである。

「……はぁ？　何を申しておる。そんなわけがあるか」

その報告を聞いた時、義元から出た第一声はそれだった。突然すぎる訃報を早馬で伝えた使者が雪斎からの手紙を渡し、それを読んでもまだ、広忠の死が現実としてちっとも頭に入ってこない。

「ありえぬ……ありえぬぞ……」

驚くほどに、悲しみが湧いてこない。この意味不明な現実を理解することに頭脳がすべて使われてしまっていて、悲しみを入れられる隙間がない。

しばらく「ありえぬぞ」の言葉だけを白痴のようにぶつぶつと繰り返していた義元だったが、時間が経つにつれ、少しずつ事態が頭の中に入ってくるようになった。それとともに、悲嘆と憤怒がぐちゃぐちゃに混ざった得体の知れない感情が腹の辺りから込み上げてきて、義元は思わず大声を上げた。

「あの若さでひとつの病もなく、つい半年前には勇ましく戦陣で軍を指揮していた男じゃぞ！　こうもあっさりと死んでたまるか！」

そう叫んだ声が震えていた。

義元にとって、広忠は三河攻略のために欠かせない重要な駒だったが、そんな損得以前に、義元はこの松平広忠という男が大好きだったのだ。裏切りが日常茶飯事のこの乱世で、広忠はお人好しなほどに純粋で、まっすぐだった。受け答えも的確で、ただ一緒に話しているだけなのに、広忠との会話が終わったあとは胸のつかえが取れるほどに心地がよかった。

それに、広忠の身に起きたことは義元にとって他人事ではない。

三河国を制した松平清康の息子に生まれてしまったばかりに、広忠は自分の意志とは関係なく、多くの人に命を狙われる苦難の人生を歩まされてきた。

その人生はあまりにも不可解な急死であっけなく幕を閉じたが、同じ戦国武将である義元の人生においても、この先同じような突然の死が待ち受けている可能性は十分にあるということだ。

「松平様はいたく壮健でございましたが、ある日突然高熱を出して倒れられ、嘔吐を繰り返して、三日の後に儚《はかな》くなられました」

報告のために急ぎ駿府に戻った雪斎が、広忠が亡くなった時の様子を詳しく語ると、義元は歯を食いしばり、自らの腿を拳で何度も叩いた。

「ありえぬ……きっと織田信秀めが、広忠殿に毒を盛ったのじゃ……」

義元が嗚咽混じりにそう言っても、雪斎は黙して何も言わない。

「そうでなければ理屈がつかぬ！　おのれ信秀、人の道に悖《もと》る非道なる振る舞い、私は断じて許さぬ！　絶対に報いを受けさせてやる！」

そう怒鳴ったあとで、義元は同意を求めようと雪斎の顔を見た。だが、いつもなら義元の言葉にすぐに解説と助言を返してくれる雪斎が、今回はなぜか眉間に皺を寄せながら、ただ黙っているばかりだ。

「どうした雪斎」

と言いかけたところで、義元は思わず言葉を飲み込んだ。ずっと昔に自分の身の上に起こった、ある不可解な出来事が義元の頭をよぎる。

氏輝兄様と、彦五郎兄様の突然すぎる死――

あの時、義元は雪斎に疑いの目を向け、雪斎は即座に否定した。

そこで雪斎がお茶を濁すようなぬるい言動をしていたら、義元はその場で雪斎を叩き斬るつもりだった。だが雪斎は一切の迷いなく嘘を言い、この重大な罪を生涯独りで背負っていくことを選んだ。その覚悟のほどを見て義元も納得し、それ以上踏み込むことはしなかったのだ。間違いなく雪斎が兄たちを毒殺したのだろうと、心の中で確信はしていたが。

そうか。広忠殿を毒殺した織田信秀も私も、しょせん同じ穴の貉《むじな》か――

憎んでいた信秀と自分の歩んできた道が大差ないということに気づいてしまい、義元は打ちのめされて呆然と肩を落とした。

今川の家督を継いだあとも、義元は長らく二人の兄の死について思い悩んでいたものだが、あれから十年以上経ったいま、過酷な戦国大名としての日々を送るうちに繊細な感性もすっかり摩耗し、もはや人の死のひとつやふたつでは眉ひとつ動かない。

当主になったばかりの頃は、非道に手を染めてまで自分を今川の当主の座につけた雪斎を怨んだこともあった。だが、長い年月を経てその怨みはとっくに自分の中で消化されていて、今さら何も思うところはない。それがいざ、こうして信秀に同じことをされると、兄たちの死を自分が過去の出来事としてすっかり忘却の彼方に追いやっていたことの罪深さを、改めて眼前に突き付けられたような気がした。

義元も雪斎も、二人とも長いこと言葉を発することができない。気まずい沈黙の末に、まるで気持ちを切り替えるかのように、雪斎が重い口を開いた。

「……かくなる上は、力ずくで竹千代殿を織田から奪い返すしかございませんな」

こういう時は、目の前にある仕事のことを考えるのが一番だ。

喫緊の課題をどう解決するかについて全力で知恵を絞っている間だけは、余計なことをあれこれ考えずにすむ。普段は頭の痛い問題たちが、この時ばかりは少しだけありがたかった。

「しかし、竹千代は尾張におる。竹千代を取り戻そうとしたら、尾張まで攻め入らねばならぬ。さすがにそれは無理だろう」

「いえ。こちらも人質を取って、交換をすればよいのです」

「交換？」

「ええ。安祥城にはいま、織田信秀殿の息子の信広《のぶひろ》殿が城主として入っております。ならば安祥城を落として信広殿を生け捕りにすれば、信広殿と竹千代殿を交換したいという話を、よもや信秀殿も断ることはできぬでしょう」

「おお。それはたしかに妙案だが、あの安祥城がそう簡単に落ちるものかね」

するると雪斎は、やけに確信に満ちた口調で答えた。

「義元様。最近の今川兵の精強ぶりを侮ってはなりませぬぞ。松平家の者たちも、主なき国では格好がつかぬ、なんとしても竹千代殿を救い出すのだと士気はすこぶる高まっております。これだけの条件が揃っていれば、安祥城を取り戻すことも十分に可能かと」

広忠が急死したあと、雪斎は誰がそう決めたわけでもなく、岡崎城の城主代行のような立場に勝手に祀り上げられていた。

いま、この城には主がいない。広忠の次の主は竹千代ということになるのだろうが、その竹千代は捕らえられて尾張にいる。

それで困りきった松平家の家臣たちは、大きな決め事があると「この件は雪斎様のお考えをお伺いしよう」と、なんでもかんでも雪斎の元に相談しにくるようになったのだった。雪斎は岡崎城に来てすぐに広忠の厚い信頼を勝ち得ており、しばしば城に呼び出されては助言を求められていた。その様子を見ていた家臣たちは、亡き主君のやり方を真似たのである。雪斎は松平家の後ろ楯である今川家の重鎮でもあるから、その点からいっても、彼の了解を得られればまず間違いはない。

「こうまで三河の者たちに買いかぶられてしまっては、この老骨も、おちおち城の中で安住などしておられませぬ」

「雪斎、お主ももう歳じゃ。くれぐれも無理はせぬよう」

矍鑠《かくしゃく》としていても、雪斎はとうに五〇を過ぎている。顔は皺だらけで、長く伸ばした髭は真っ白だ。義元が案じると、雪斎は胸を張って答えた。

「お気遣い痛み入ります、義元様。しかし、殺生を禁じている僧がこんなことを言うのも憚られますがな、正直なところ、兵を率いて戦うことは私の性に合っているらしく、毎日が楽しくて、年甲斐もなく日々浮かれて過ごしておりますわい」

たしかに、私なんかよりも雪斎のほうがずっと大名に向いている性格だと義元は思った。自分はただひたすらに義務感だけでこの重責をこなしているが、僧である雪斎のほうが、よっぽど生き生きと戦支度に精を出している。

こうして、やけに自信に満ちた言葉を義元に言い残して岡崎城に戻っていった雪斎だったが、実際その言葉に偽りはなかった。

天文十八年（一五四九年）、二度にわたる激戦の末に、雪斎率いる今川軍と松平軍は十一月に安祥城を落城させ、宣言どおりに城主の織田信広を生け捕りにしたのである。すぐさま義元は信広と竹千代の人質交換を織田信秀に持ちかけ、これには信秀も応じざるを得なかった。

かくして、広忠の忠誠の証として今川家に差し出された竹千代は、二年越しでようやく、義元が住む駿府の今川館までたどり着いたのだった。

死まであと十二年

二二年目　天文二一年（一五五二年）　今川義元　三四歳

　まったく、氏真《うじざね》のやつも少しは竹千代を見習ってほしいものじゃ。最近の義元は、そうやってよくぼやいている。

義元の嫡男、今川氏真は一五歳。今年に元服を果たしたばかりなのだが、氏真は父の義元から責任感をまるまる取り除いたような子で、その軽薄さに義元はすっかり愛想を尽かしていた。

　決して愚鈍なわけではない。むしろ父に似て利発なほうの子である。兵法や武芸よりも琴棋書画などに興味があるところも義元にそっくりだ。ただし義元には、自分は今川家の当主であり、家臣たちを路頭に迷わせないためにも自分がしっかりしなければならぬという強い自覚があった。

　それは義務感というよりは、しっかりしなければ家臣たちに笑われるという強迫観念に近いものだ。だが、動機はともあれ義元は自分の置かれた境遇に重圧を感じ、その重圧に無理やり背中を押されるようにして、戦国大名としての自分自身を背伸びして必死に作り上げてきた。

一方で、氏真は義元のような重圧や焦りはちっとも感じてはいないらしい。

氏真は風雅の道をこよなく愛し、とりわけ京から流れてきた公家に教わった蹴鞠《けまり》に熱中した。義元は何度も氏真を呼びつけ、京の文物に触れて教養を深めることは今川の当主として必要なことでもあるが、かといって領国の政や戦をおろそかにしてはならぬ、きちんと兵法を学べと叱った。

そうやって義元が注意した直後だけは、氏真もしおらしく父の言うとおりにするのだが、すぐに心がくじけて兵法書を放り出してしまう。

自分も兵法書は嫌いで雪斎に無理やり読まされた口なので、嫌になって投げ出したくなる気持ちは義元にも痛いほどわかる。だが、義元はそこで重圧と焦りのほうが勝って、かろうじて踏みとどまって勉学を続けた。その点、息子の氏真はほとんど人目を気にしない。他人にどう思われても別にいいやと、簡単に開き直って泰然としている。

天下泰平の世に生まれついたのなら、そういう氏真のある意味で図太い性格は間違いなくよい方向に働いたはずだ。だが、生き馬の目を抜く乱世をしたたかに生き抜かねばならぬ今川家の当主としては、あまりにも薄っぺらいと言わざるを得ない。

我が子と今川家の行く末にひたすら気を揉んでいる義元としては、氏真より五歳も年下なのに、よほど立派に三河国主としての自覚を持っている竹千代が羨ましくてならなかった。

義元は、人質交換で織田家から取り戻された竹千代を初めて謁見した三年前のことを、いまでも忘れることができない。

この時、竹千代はまだ七歳。家臣たちに左右を囲まれながら緊張した面持ちで義元の前に現れると、家臣に促されてちょこんと頭を下げた。

「竹千代殿、そんなに固くならずともよいぞ。そなたはこれから、この今川館を自分の家だと思って心安く暮らすがよい」

「義元様には、父が大変お世話になったと聞いております。今後とも宜しくお願いいたします」

竹千代の挨拶は微笑ましいほどの棒読みで、あらかじめ家臣たちに言われたとおりの言葉を丸暗記して口に出しているだけだということはすぐにわかった。義元は思わず目を細めた。

義元には嫡男の氏真の下に、竹千代とほぼ同じ歳の娘がいる。健気な竹千代の姿を、思わず自分の娘に重ね合わせた。

「おう、おう。竹千代殿は織田の奴らに捕まって、今まで怖い思いをしてきたろう。もう大丈夫じゃよ。私が父代わりとなってそなたを守ってやろう」

するど竹千代は、義元の言葉にどう答えていいのか分からず、しばらくもじもじとしていたが、ぐっと歯を食いしばり、下を向いて小声でボソッと答えた。

「……守らなくても大丈夫です」

「なぬ?」

「竹千代は父の子です。だから自分で三河を守ります」


不遜とも取れる竹千代の突然の発言に、竹千代の周囲に控える松平家の家臣たちは一斉に真っ青になった。大慌てで竹千代の側ににじり寄って顔を寄せ、小声でひそひそと竹千代を諫める。だが、義元は竹千代の言葉を聞いて怒るどころか、満足げに手を叩いて褒めたたえた。

「よくぞ、よくぞ申した竹千代殿! それでこそ、あの松平広忠殿の息子じゃ。広忠殿の誇り高き心を竹千代殿はきちんと受け継いでおられるな。行く末が楽しみじゃ」

予想外の義元の反応に、松平家の家臣たちは呆気に取られて義元の顔を眺めた。その中で竹千代は一人、どこか憮然とした表情で義元の顔をじっと見つめていた。

松平家の者たちが去って雪斎と二人きりになると、義元は深々と溜め息をついた。

「広忠殿は果報者じゃ。立派な跡継ぎを持った」

「竹千代殿のことでございますか」

「ああ。あの様子だと竹千代は松平の家臣たちから、くれぐれも今川の機嫌を損ねてはならぬと散々言い聞かされていたのだろう。家臣どもが皆、今川を恐れるあまり腑抜けのような顔をしている中で、竹千代だけは目が死んでいなかった」

「たしかに、おとなしそうに見えて芯の強そうなお子でございましたな」

「あの歳で、あの負けん気の強さはたいしたものよ。織田に息子を奪われても節を曲げなかった広忠殿に通じるものがある。負けん気は、この戦国の世で大名をやっていくうえでは欠かすことのできぬ資質じゃ。私のような軟弱者とは違う」

するとと雪斎はこう言って義元を持ち上げた。

「いえいえ。僭越ながら負けん気の強さならば、義元様もなかなかのものですぞ」

実際、義元は表面的な勝ち負けに執着がないというだけで、並みの人間よりもずっと負けず嫌いなほうだと雪斎などは思っている。

家臣たちから「情けない当主だ」と陰口を叩かれたくない。そんなことを言われたら恥ずかしくて死んでしまう。そんな単純な恐怖心だけで、義元はこれまでひたすらに、よき当主たらんと必死で突っ走ってきた。少し動機は違うが、これも負けん気の一種だと言ってもよいだろう。

「最近では他国でも、義元様のことを『海道一の弓取り』と称賛しているようですが、ここまでのご高名を得るに至ったのは、ひとえに義元様の負けん気の強さゆえでござりましょう」

「ははは。実際私は負け続けておるからな。負けを取り戻さねばという一念だけで、もう何年もやってきた」

「そうでござりますな。北条に河東を奪われた時のことは、いまでも忘れられませぬ。そこからよくもまあ、ここまで――」

年老いた雪斎が遠い目をした。


義元が今川家を継いだ時、今川家は東海の由緒ある大大名として一目置かれながらも、実態はすっかり弱体化していた。そして北条家に河東を奪われ、自国であるはずの遠江すらじわじわと織田家に侵食されかけていた。

だが現在の今川家は、かつての古臭い守護大名ではない。厳しさと粘り強さを身に付けた今川軍は、北条家を滅亡寸前まで追い込んで河東を取り戻した。西においては遠江の支配を回復して盤石のものとし、さらに松平広忠・竹千代親子を擁して三河から織田家を追い払った。今川家の長い歴史でも、ここまでの広い版図を手に入れたことはいまだかつてない。かつて雪斎が見込んだとおり、義元は当主として見事に今川家を空前の繁栄に導いたのだ。

しかし、義元の表情にはどこか陰がある。すぐに雪斎はその理由を察して言った。

「若い家臣たちの中にも、岡部元信《おかべもとのぶ》などの骨のある者も増えておりますから、実に楽しみですな」

「ああ。家臣が育つのはよいことだが、なんと言っても当主がしっかりせねば」

やはりそのことか、と雪斎は義元の胸中を思って心を痛めた。

嫡男・氏真のことが頭痛の種ではあったが、この頃の今川家は、義元の治世の中でももっとも充実して安定した時期であったと言えよう。

長年の脅威だった北条家は、いまや完全に関東制覇のほうに軸足を移していて、今川家に奪還された河東の地にはもうほとんど執着はないようだった。それもそうだろう。わずかばかりの駿河の土地を切り取るために強力な今川家と激しく戦うくらいなら、落ち目の上杉家を叩いて広大な関東平野に進出するほうが、戦略としてはよほど理に適っている。

河越夜戦による大逆転勝利のあと、長い歴史と権威に支えられた扇谷上杉家は滅亡し、武蔵国は北条家の勢力下に入った。北条家はさらに北に向かって進撃を続けたが、山内上杉家の当主・上杉憲政は暗愚で、とてもその勢いを止めることはできない。

憲政はこの年、とうとう領国を追われて越後国（新潟県）に逃走すると、越後を実質的に支配している守護代の長尾家に庇護を求めたのだった。

なお、これは少しあとのことになるが、これで盤石のものとなったかに見えた北条の関東制覇は、その後思わぬ新たな強敵の出現によって苦難の道をたどることになる。

その発端は、この五年後に上杉憲政が選択した、とんでもない策にあった。

このままでは名門・上杉家が滅んでしまうと考えた上杉憲政は、上杉家の家督と関東管領の職を、赤の他人にそっくり譲り渡してしまったのだ。この選択が彼なりの深謀遠慮によるものなのか、それとも単なる責任放棄なのかはわからない。

譲り渡した相手は、自分を庇護してくれた長尾家の当主、長尾景虎《ながおかげとら》である。憲政は景虎を養子に迎えて上杉の姓を名乗らせるとともに、自分の名前から一文字を偏諱として与えた。

長尾景虎改め、上杉政虎《うえすぎまさとら》。

この政虎こそ、「越後の龍」こと後の上杉謙信《うえすぎけんしん》である。

上杉政虎は権威に対してやけに律儀な男で、もはや死に体の足利幕府に対する忠誠心をいまだに失ってはいなかった。政虎は、関東管領の職を拝領したからにはなんとしてもその責務を果たさねばならぬと考え、上杉憲政が失った上野国を奪還し、失墜した関東管領の権威を回復するべく、関東への進出を図るようになる。

またその一方で、政虎は甲斐の武田晴信との対立も徐々に強めていた。

武田家は、隣国の信濃国（長野県）への領土拡大を図り順調に侵攻を進めていたが、追い詰められた信濃の豪族たちは政虎に泣きついて、武田を追いはらって我々の所領を取り戻してほしいと懇願した。信濃と越後は隣同士で「唇亡びて歯寒し」の関係にあるので、政虎としてはこれも放っておくわけにはいかない。

義侠心の強い政虎は、かくして信濃の豪族のためにもひと肌脱ぐことを決意する。そしてこの翌年から十年間以上の長きにわたり、「川中島の合戦」として世に名高い、武田晴信との泥沼の戦いへと突き進んでいくことになるのである。


関東への進出を図る上杉謙信と、それを迎え撃つ北条氏康。

信濃への進出を図る武田信玄と、それを迎え撃つ上杉謙信。

上杉謙信に対抗すべく、結びつきを強める武田信玄と北条氏康。

これまでの今川・武田・北条の三つ巴から、上杉・武田・北条という新たな三つ巴へ。関東をめぐる構図はいま、大きく変わりつつあった。

今川家も、変化の波の中にある。

二年前に、義元の正室である武田晴信の姉、定恵院が亡くなった。享年三二。あまりにも若すぎる死に、あの淡白な晴信が泡を食って駿河までやってきて、涙を流して姉の死を悼んだ。

「妻は、残念なことであった」

「姉は、苦しまずに逝ったのでございますか」

「ああ。安らかな最期だった」

本当は、そうでもなかった。

定恵院は労咳《ろうがい》(13)にかかり、何度も咳込んで大量の痰と血を吐き、苦しみながら徐々に衰弱し、最後は真っ青な顔をして死んでいった。だがそれを正直に晴信に伝えてしまったら、今川の看病に手落ちがあったのではないかなどと、両家の友好関係に波風が立つような印象を残してしまう。

義元は努めて感情を顔に出さないようにしたが、晴信の目にはじっとりとした疑いの念がありありとにじみ出ていた。外部には偽りの病名を伝えていたが、労咳であることが漏れ聞こえていたのかもしれない。そして、労咳の患者の最期が見るに堪えない凄惨なものであることは、誰もがよく知るところだ。

「晴信殿は妻とは仲がよかったから、さぞつらかろう。心中お察しする」

「ええ。姉は儂のことを理解してくれる、数少ない人でござった。姉が亡くなったいま、何やらこの世に一人で取り残されたような心持ちでござる」

そう言った晴信の言葉が、なんだか今川との縁が切れたと言っているような気がしてしまい、義元は言いようのない不安を覚えた。


もうひとつの変化は、雪斎の病気である。

三年前の小豆坂の戦いでは甲冑も難なく着こなして戦場に立ち、今川軍を率いて見事に安祥城を攻め落とした雪斎だったが、その後ほどなくして病に倒れ、しばらく寝込む日々が続いた。

幸いなことに病は大事には至らず、快復後も明晰な頭脳は相変わらずで、雪斎は義元の知恵袋として以前と変わらず働き続けている。だが病を機に、それまではぴんと伸びていた背筋に目に見えて力がなくなり、見た目も急に老け込んだ。元気であっても雪斎は五七歳。この頃の感覚で言えば、いつ死んでもおかしくないくらいの老齢なのである。

いや、いままでの壮健さのほうが、むしろ異常だったのだ――

義元はそう自分に言い聞かせて、心のどこかでいつも雪斎の助言をあてにしていた己を戒めた。

もし雪斎がいなくなったらどうする？　と想像してみた時、空恐ろしくなるほどの心細さがある。これまで各地の寺を通じて地獄耳の雪斎の元に届けられてきた、現場の生の声や真相に迫る噂話が今後は一切入ってこなくなるのだ。

なんでも聞けば教えてくれた雪斎なしで、自分は正しい判断ができるのだろうか。きっとできる、自分だって今川家の当主をもう十五年以上立派に務めてきたではないか、経験があるから大丈夫だ、と義元は必死に自分自身に言い聞かせたが、では私が隠居したあと、経験が浅いあの氏真はどうなるのだ？　と考えると、義元は暗澹たる気持ちを振り払うことができない。


「何やら、北条と戦うのも馬鹿馬鹿しくなってきたな」

義元がそう漏らすと、雪斎は「そうでございますな」とボソボソと答えた。耄碌《もうろく》したのではないかと不安を覚えるほどに、最近の雪斎の声はぼんやりとして頼りない。だが、そう思って油断していると時々ギラリと目を光らせて鋭いことを言ってくるので、この老人にはまったく気を抜けない。この時も雪斎は、

「ならば、戦うのをやめますか」

などと簡単に言うので、義元は相変わらずだな、と思った。

「やめられるのなら、とっくにやめている。この十五年で北条に何人が殺されたと思っておるのだ。北条が親の仇、子の仇という者は家中にごまんといる。家臣どもが納得するわけがない」

「ええ。でもそれは北条だって一緒でしょう。あちらにも今川に家族を殺された者たちがごろごろいて、家臣たちは納得しないはずです」

「だから戦いをやめられぬのだと言っておろうが。そう簡単にいってたまるか」

「簡単でござりますよ」

雪斎の口調がなんだか自分を小馬鹿にしているように聞こえたので、義元は思わずむかっ腹が立った。つい語気が鋭くなる。

「では、どうすれば簡単に戦が止められるというのか。言ってみよ雪斎」

「くだらぬ家臣の言うことなどに、いちいち耳を傾けねばよいのです」

「な……！」

義元はこれまで、家臣のことを第一に思い、彼らの声に耳を傾けようと極力努めてきた。それを「くだらぬ家臣」呼ばわりするとは何事か。義元は思わず気色ばんだが、雪斎はお構いなしに言葉を続けた。

「家臣たちが見ているのは、いかにして自分の家族と土地を守るかといった、狭い世界にござります。ですから、家の者が殺されればその恨みは一生忘れず、決して相手を許すことはありませぬ。

ですが義元様、あなたが見ておられるのは駿河と遠江、そして三河の三国でござります。義元様は、この広大な領地をいかにして栄えさせるかという、ずっと広い視野で物事を考えておられるのですから、時には家臣と意見が食い違うのも当然のこと。見ているものが違えば、大事にすべきものが違うのは当たり前。それなのに、家臣と意見を同じくすることのみに腐心するのは、いかがなものかと」

「む……」

「義元様、あなたがいま考えるべきは、家臣と心をひとつにすることではありませぬ。家臣の全員をもっとも幸せにする道を選ぶことです。そのことによって、たとえ一部の家臣たちからは恨まれることがあったとしても、真に正しい道はこちらであると毅然とした態度を見せることこそが、当主の役目ではございませぬか。

自分の目の前しか見えていない家臣たちも、根は賢い者たちです。いますぐは理解できなくとも、いずれ必ずや、義元様の深謀遠慮に気づいてくれましょうぞ」

雪斎にそう諭され、義元は目から鱗が落ちる思いがした。

家臣が賛成することが、必ずしも家臣を幸せにすることではない——そのように考えたうえで改めていまの状況を考えると、家臣たちの遺恨に引きずられて北条との不毛な戦いを続けていることが、急に馬鹿げたことのように思えてきた。

「……私が、氏康と和解できるというのか」

「義元様は、氏康殿とご自分は似た者同士だとつねづね仰っておったではないですか。義元様が和解を考えているということは、きっと氏康殿も同じことを考えているはずですよ」

義元は北条氏康の姿を思い浮かべた。最後に氏康の姿を見たのは七年前、河東を奪還するための戦いの最中だ。

相変わらず氏康は、全軍の先頭に立って今川軍に向かって突き進んでくる。あの時の北条家は扇谷・山内上杉家と今川家の両面から同時に攻め込まれて危機に陥っていたが、そんな窮地にあっても氏康の闘志は決してくじけていない。北条という一族をその身に背負っている以上、決して負けるわけにはいかぬという気迫が、戦場を挟んだ遠目からでもはっきりと見て取れた。

敵として対峙している間は、そんな氏康に自分も負けてはならぬという対抗心と焦りしかなかった。

だが、もし彼が味方になったらどうなるだろうと発想を変えてみた瞬間、これまで見えなかったまったく違う世界が、自分の眼前に広がっていくのを義元は感じた。

なんで、いままでこれに気づかなかったのか私は――

義元は腕を組んで下を向いたまま、固い決意を込めた声で雪斎に声をかけた。

「雪斎よ」

「はい」

「御老体に鞭を打つようなことを命じて誠に申し訳ないが、甲斐と相模に使いをしてくれぬか」

「心を、お決めになられましたか」

「ああ。まずは緩みつつある武田との関係をもう一度固いものにする。晴信の奴とは腐れ縁で、もはや奴も私を騙そうとはしないだろうし、私だって、奴と事を構えてもよいことなどひとつもないとわかっている。それでも、妻が亡くなったことで今川家中に武田の者はいなくなり、逆に我が息子、氏真は武田の血を引いている。ならば今度は、武田の家中に今川の血を引く者を残して、両家の紐帯《ちゅうたい》を強めるべきであろう」

「となると、嶺松院《れいしょういん》様を武田の家に」

「ああ。晴信にはたしか、氏真と同じ年の嫡男がいたはずだが」

「義信《よしのぶ》様でございますな」

「その者のところに嶺松院を嫁がせる。そして義信と嶺松院の間に子が生まれれば、私の孫がいずれ武田の当主になる」

義元には氏真の下に息子がもう一人と、娘が三人いる。その娘の一人、嶺松院を武田家に嫁入りさせるというのである。

「その次に、今度は北条との間で婚姻を結ぶ。氏真の嫁に、北条の娘をもらい受けるのだ」

「よいお考えです」

「それで氏康の嫡男である氏政《うじまさ》には、武田から娘をやればよい。今川、武田、北条の三つの家の嫡男が、それぞれに同盟相手の娘を嫁にもらい受けるということじゃ。この三角形の血の絆があれば、まさに鉄壁の同盟になってくれようぞ」

義元の提案に、雪斎は満足げに目を細めた。

病を得てからの雪斎は、義元のことをどこか秘蔵の愛弟子のような慈しみの目で見ているふしがある。まるで善得寺で二人で仏道の修行をしていた頃の関係に戻ったかのように、弟子の頼もしい成長ぶりを見届けた老師匠の、すべてをやりきった満足げな姿がそこにあった。

「まさに、これまでの関東の地図が変わりますな。周囲の大名たちはさぞ震えあがることでしょう。そんな、大それた構想を拙僧に実現させよと」

「ああ。特に北条との話は骨折りであろうが、雪斎ならばできると信じている」

「ほほほ。これはこの老い先短い死にぞこないの、最後の大仕事になりそうですな」

「そんなことを申すな。そなたは老いてなお矍鑠《かくしゃく》としているではないか。雪斎にはこれから先も、私を教え導いてもらわねばならぬ」

「そうでございますな。私も義元様が今川をますます強く盛んにしていく姿を、もっともっと見続けていたいものです。この同盟が成れば、今川は東と北に備える必要がひとつもなくなります。我々は西の織田との戦いに、すべての力を注ぐことができましょう」

雪斎の言葉に、義元は力強くうなずいて言った。

「ああ。これからが本番じゃ。今川は東と和平を結び、ひたすらに西を目指す。まずは竹千代を盛り立てて三河の支配を固め、そのあとに織田信秀と雌雄を決する。織田が片付けば次の相手は美濃の斎藤道三だ。

いずれにせよ、今川の進む道は決まった。武田晴信も北条氏康もしたたかで食えぬ男だが、味方になればこれほどまでに頼れる奴らもいない」


そうと決まると、翌日からさっそく雪斎は忙しく立ち回りはじめた。五七歳という高齢を感じさせない腰の軽さである。まず雪斎は、武田晴信に対して義信と嶺松院の婚姻をもちかけつつ、甲斐・駿河・相模の三国同盟の考えを説明し、武田家から北条家に対してもその話を働きかけるよう依頼した。

武田と今川はもともと同盟者であり、武田義信と嶺松院の婚姻はなんの問題もなくとんとん拍子に話が進んだ。この年の半ばに嶺松院が甲斐に輿入れをすることがあっさりと決まり、早々に具体的な準備の相談に入った。

そんなある日、雪斎のもとに気がかりな話が持ち込まれてくる。

織田家の当主、信秀が病に倒れたらしい。織田家はその事実をひた隠しにしているが、各国の寺社の隅々まで張り巡らされた雪斎の情報網から事実を隠し通すことはできない。驚くほどに早く正確に、雪斎は信秀の深刻な病状を把握していた。

「これはもう確実に、信秀殿は早晩亡くなられると言ってよいでしょうな」

「やはりそうか。となると、このあとの織田家はどうなる」

「嫡男の信長殿が、跡を継ぐでしょう」

「そうそう簡単にいくものか。うつけ者の信長よりも、温和で礼儀正しい弟の信行を担ぐ家臣も多いというではないか」

家督相続にあたっては、ほんの少しの行き違いがすぐに泥沼のお家騒動に発展してしまうことを、義元自身が手痛い経験を通じてよく知っている。それなのに、信長はまるで自ら騒動を願うかのように、奇矯な振る舞いをしてうつけ者の評判を取っている。まさに自業自得であろう。

「己がどんなに身を慎んでも、周囲の家臣たちが勝手に担ぎ上げて揉め事になるのが家督相続じゃ。ましてや自ら進んでそんな身勝手をするような軽はずみな男じゃ。しょせんは器が知れるというもの」

だが、その言葉に雪斎はすぐには答えなかった。そして、何か得体の知れない化け物のことを語るかのように、慎重に言葉を選びながら言った。

「……まあ、信長殿の人となりを、いますぐこうと決めつけることはありますまい。ただの大うつけであれば、お家騒動ですぐに家臣たちの支持を失って、自ら転げ落ちましょう。

ですが、美濃の斎藤道三殿が信長殿のことを高く買っていたり、家臣の中でも信長殿に心酔している者が少なくなかったり、ただのうつけ者だと簡単に決めつけてしまうと、真実を見誤るやもしれませぬぞ」

義元は、珍しく歯切れの悪い雪斎の様子を訝しんだ。

「雪斎は昔から、信長に関してはやけに慎重じゃな」

「ええ。根拠は何ひとつないのですが、拙僧の勘と言いましょうか。信長殿に関しては、よくわからないことがやたらと多いのです。

信長殿の人となりについて、噂話をもとにきっとこんな男であろうと頭に描くと、いや、そうとも限らないという別の噂も入ってくる。とにかく摑みどころのない、鵺《ぬえ》のようなお方でございます」

「鵺か、ははは。私もとんだ化け物の隣に住んでいるものだな」

義元は思わず笑ってしまった。

鵺とは、顔は猿、胴体は狸、手足は虎で尾は蛇という姿の妖怪である。ある部分を切り取れば猿に見えるが、別の部分を切り取ると虎にも蛇にも見えるという、よくわからない信長という男を言い表すには実にぴったりの例えだ。

「まあ、信秀は実に手強い男であったが、その息子の信長がいかほどの者か、鬼が出るか蛇が出るか、ひとつお手並み拝見というところじゃな。

いずれにせよ、織田がどう出ようとも今川のやり方は変わらぬ。東の北条、北の武田と手を組み、西に打って出る。北条に備えていた兵をすべて西に振り向け」

そこで義元は右拳を軽く振り上げ、左の掌にポンと落とした。

「織田などひと息に叩きつぶすまでのこと」

死まであと八年

二四年目　天文二三年（一五五四年）　今川義元　三六歳

義元の親書を持参し、三国間の同盟の案を説明した太原雪斎が下がったあと、武田晴信は傍らに控える山本勘助《やまもとかんすけ》に尋ねた。

「どう思う？」

勘助の言葉はいつも短い。ぼそりとひと言だけ答える。

「悪くない話ですな」

晴信はその答えに安心したように、ゆっくりと何度も頷いた。

山本勘助は、晴信がその軍才を見込んで十年ほど前に召し抱えた男である。もとは諸国を行脚する浪人だったが、その的確な戦術眼と政略における卓見は武田家中でも大いに認められるところとなっており、最近では常に晴信の側近くに控えて、助言や献策を行っている。

「武田、今川、北条はこれまで三つ巴で合従連衡を繰り返してきましたが、互いの力が拮抗していて決着がつかないことは明白。そんな無益な戦いはやめて、上杉政虎との戦いに専念して信濃の支配を固めるほうが、ずっと利がございます」

その点は晴信もまったく同感だ。義元と氏康、この二人とはこれまで何度も丁々発止の駆け引きを繰り返してきた腐れ縁である。駆け引きに勝つために、三者ともが相手が何を考えているかを考えすぎた結果、もはや長年の友人のように、互いに相手の考えることが手に取るようにわかってしまう。

「しかし、勘助は一も二もなく同盟に賛成するかと思っておったが、『悪くない』とは、ずいぶんと控えめな物言いだな」

晴信の問いに、勘助はにこりともせず答えた。

「さきほどの雪斎殿の御姿、ご覧になられましたでしょう」

「ん？」

「雪斎殿も、ずいぶんとお年を召された。義元殿は雪斎殿お一人とだけ相談して国政を執り行っておられますので、ほかの家老たちの力が弱い。今川家は、雪斎殿なくては回らぬ家なのです。雪斎殿亡きあとは、政が整わないでしょうな」

「たしかに、二年前に会った時よりも、雪斎殿はずっと老け込んだ気がする。だが義元めはしたたかな奴じゃ。雪斎殿が亡くなれば大きな痛手だろうが、それなりに上手にやるであろうよ」

「ええ。しかしそれも、義元殿お一人の肩にすべてがかかっております。我が武田は、お屋形様をお支えする弟君の信繁様に、板垣、甘利の両ご家老。さらに飯富、馬場、内藤など、若い衆にも頼りがいのある者たちが着々と育ってきております。

北条も、地黄八幡《じきはちまん》の異名をとる綱成殿を筆頭とした五色備えをはじめ、一族の紐帯は固く、氏康殿にもしものことがあっても、嫡男の氏政殿を支えて揺らぐことはないでしょう。しかし今川は――」

その言葉を聞いて、晴信はフッと含み笑いを漏らした。

「たしかに、あの家は義元一人でかろうじて持っておるようなものじゃな。家老たちにも目ぼしい者がいない。息子の氏真も、あ奴は駄目じゃ。茶飲み友達にはよいかもしれぬが、柔弱で国を統べる器ではない。他家のこととはいえ、時々義元が気の毒になる」

「たまたま義元殿と雪斎殿がいたからここまで栄えることができただけで、今川の家自体は、とっくに滅ぶべき古臭い守護大名にすぎませぬ」

「なるほど。だから勘助は同盟には慎重なのか」

「ええ。しかし義元殿もあと十年は健在でしょうから、その間のつなぎとしては、この同盟は最善の策かと思われます」

「ははは。義元殿と儂の歳は二つしか違わぬ。つまり、これは武田と今川の同盟ではなく、儂と義元殿の同盟ということじゃな」

「そういうことにございましょう。義信様と氏真殿の代になってこの同盟をどうするかは、若い皆様にお任せすればよろしいかと」

　雪斎はそのひと月後、今度は北条家を訪ねて、同じように三国同盟の概要と意義について説明をした。もちろん雪斎が訪問する前に武田家からあらかじめ話が行っているので、氏康はその内容をすべて知っている。

　雪斎が下がったあと、北条氏康は、傍らに控える義弟の北条綱成に尋ねた。

「どう思う？」

　綱成はうーんと頭を抱えてしばらく悩み、ぼそりとひと言だけ答えた。

「今川に対しては怨みしかございませぬ。ですが、話としては悪くはない」

　氏康はその答えに「わかる」と言って、ゆっくりと何度も頷いた。

「儂は義元殿の策のせいで、すんでのところで河越城を枕に討ち死にするところでしたからな。それはもう、義元殿は何度八つ裂きにしても足りないくらい憎い」

　そう言って綱成は憮然と腕を組んだ。

　義元が扇谷・山内上杉家を焚きつけて、北と西から同時に北条領に攻め込んだせいで、北条家は一時滅亡寸前まで追い込まれ、綱成は半年もの間、河越城で絶望的な籠城戦を強いられることになった。

綱成は長いこと、じっと俯いて考え込んでいた。時々「うーん」だとか「ああ」だとか、唸り声を上げながら体を揺する。そしてとうとう最後に、絞り出すように自分の思いを述べた。

「とはいえ、もう九年も昔の話じゃ。あの時、儂はどれだけ今川を怨んだかわからぬし、あの戦で死んだ者たちの無念は、いまでも忘れはせぬ。

だが、裏で手を回したのは義元殿であっても、戦ったのは上杉家であるし、奴らには河越の夜戦に勝ったことで、借りはすっかり返している。

今川と戦って亡くなった者どもは皆、北条の家を守り栄えさせるために命を捨ててくれたのだからな。もはや北条の家にとって、今川と戦うことにほとんど意味がなくなってしまった以上、生きている我々がそれでも今川への雪辱にこだわり続けることを、地下に眠る彼らは決して願ってはおらぬはず」

綱成の言葉に、氏康も感慨深げに何度も頷く。

「そうだな。彼らもきっと許してくれる」

「義元殿は敵に回すと恐ろしい御仁じゃが、味方になると思えば、これほどまでに心強い相手はいない。北条の家のことを思えば、義兄上《あにうえ》、この話はありじゃ」

　すると氏康は、ホッと大きな安堵のため息をつくと、途端に相好を崩して、微笑みながら綱成に語りかけた。

「よかった。実は綱成殿に反対されたら如何しようかと、儂はずっと気を揉んでいたのじゃ。正直なところ、儂は最初に話を聞いた時からこの同盟には賛成じゃった。だが、今川のせいで血を流し、死んでいった者たちも家中にたくさんおるからな。

　中でも綱成殿が一番今川への恨みは深いであろうから、綱成殿がうんと言わなければ、この話は断らざるを得ないと思っておった」

「おお。左様でござりましたか。ははは、それではこの儂の胸三寸に、北条のお家の行く末が懸かっていたということでござりますな」

　そう言って綱成は豪快に笑った。氏康も嬉しそうに言った。

「この北条を支える柱石である綱成殿が、儂と同じ気持ちであったことを何よりも嬉しく思うぞ。

　儂のいまの願いは、この関東を斬り従え、北条の王道楽土となすことじゃ。いまの敵は安房の里見家、常陸の佐竹家、下野の宇都宮家であって、正直言って西はどうでもよい。義元とこれ以上争ったところで、得るものなどひとつもない」

「ええ。義元殿は手強いですからな。家臣たちの手前、あまり安易に宗旨替えしたと思われても問題がありますが、きちんと時間をかけて話をすれば、家臣たちも皆、最後は殿の深いお考えをわかってくれるはずです」
「うむ。そうじゃな。そう信じよう」

かくして、義元が危惧していたよりもずっと順調に、北条と今川の同盟話は進んだ。もちろん、いままで長年にわたって泥沼の殺し合いを続けてきた両家である。話し合いは一筋縄でいくものではない。だが、両家の家臣たちの中には、互角の戦いを長年続けるうちに戦場ですっかり顔見知りになっている者も少なくはなかった。

またお主と出会ったか、相変わらず手強い奴め、などと声をかけ合いながら幾度となく槍を合わせるうちに、そのような者たちの間には奇妙な連帯感のようなものが生まれていた。かの強き者たちが味方になるのであればこれほど心強いことはない、などと言う者も現れ、両家の間には次第に宥和の雰囲気が広がっていった。

武田晴信の嫡男、義信のもとに今川義元の娘・嶺松院が嫁いだのが天文二十一年（一五五二年）のことである。

その翌年には北条氏康の嫡男、氏政のもとに武田晴信の娘・黄梅院《おうばいいん》が嫁いだ。そしてさらに翌年の天文二十三年（一五五四年）、今川義元の嫡男、氏真のもとに北条氏康の娘、早川殿《はやかわどの》が輿入れを果たし、三つの大名をつなぐ三角形の姻戚関係が完成した。

これにより、甲斐・相模・駿河の三つの国がひとつの連合を組む、世に名高い「甲相《こうそう》駿《すん》三国同盟」が成立したのである。

この同盟により、それぞれの家は背後を衝かれる心配なく、それぞれの敵に向かって全力を注ぐことが可能になった。すなわち今川家は尾張の織田信長との戦いに、武田家は越後の上杉政虎との戦いに、そして北条家は関東の各地で北条に抗う里見、佐竹、宇都宮ら各家の攻略に。三つの大名家は時に互いに援軍を送り合いながら、それぞれの目指す道を進み始めたのである。

我が子、氏真のもとに北条氏康の娘、早川殿が輿入れをする前月のこと。いろいろと面倒なことの多い輿入れの準備がようやく一段落したことを労うため、義元と雪斎は酒を酌み交わしながら二人だけでくつろいで語り合っていた。

今川家の御曹司とその師匠という立場で初めて出会ってから三十年以上。この二人はもはや、語らなくとも互いの考えがわかるほどの固い絆で結ばれている。

「ようやく、ここまで来ましたな」

「ああ。最後は収まるべきところに収まったような気がする。今川と武田と北条は、そもそも最初から、いがみ合う必要などなかったのだ。そのことに気づくまで、ずいぶんと長いこと回り道をした」

「それはもう、先代のさらに先代から続く長き因縁でございますからな。一朝一夕に変えることなどできませぬ。ですが義元様、あなた様はそれを立派に成し遂げられました。

他家の力に頼りきった昔の今川家では、こうはならなかったはず。義元様が戦い抜いて、今川侮りがたしと武田と北条に力をもって示したからこそ、この同盟があるのです。胸を張ってくださりませ」

「ああ。そうだな。しかし――」

そこまで言ったところで、義元は続く言葉を飲み込んだ。

この同盟が永遠に続くかどうかはわからない――特に、嫡男の氏真の不甲斐なさを思うと、自分の死後、自分が心血を注いで作り上げたこの同盟があっさりと崩壊することもありうるかもしれないと義元は思ったのだ。

だが、それを雪斎に言うのはやめた。

雪斎はもう老齢だ。難しい交渉をまとめ上げ、この類まれな三国同盟を成立させた最大の功労者である雪斎に、そんな息子の代のことまで案じさせる必要はない。自分と雪斎は、自分たちの考えうる最善を尽くした。その結果がこの同盟であり、これ以上先のことは氏真が自分で考えるべきことであろう。

そんな義元の一瞬の逡巡を機敏に察知したか、いつものように雪斎は事もなげに言った。

「この同盟をより固いものにするために、皆様とお会いになられますか？」

「え？」

「晴信殿と、氏康殿。お会いになられますか？」

「会う？　そうか、たしかによい機会じゃな。甲斐と相模をそれぞれ訪れて、三国の紐帯を確かめ合うのは後々のことを考えてもやっておくべきことかもしれぬ」

そう答えた義元に、雪斎は首を左右に振って言った。

「いえ、違いますよ義元様。三人一緒に会うのです。同じ場所で」

「はぁ？　そんなこと、できるわけがなかろう。彼らもそれぞれの敵を相手にしていて忙しいのじゃ。国元を離れて、そんな無駄な時を費やしている暇などない」

「皆様、いくらお忙しいと言ったところで、行き帰りの日数を加味してもほんの半月ほどのことでございましょう。それよりも、互いに会ってみたいという気持ちがあるかどうかのほうが重要でございます」

雪斎は相変わらず、なんのてらいもなく大胆なことを言う。

「う……」

「いかがですか？　三人でお会いしたいか、したくないか」

義元は言葉に詰まり、その後、ためらいがちに心の底にある本当の思いを明かした。

「会いたいか会いたくないかで言うと……それは……会ってみたい」

「そうでござりましょう。せっかくの同盟でございますからな」

雪斎の笑顔を見た途端、義元は心の奥底にあった思いが急にあふれ出てしまい、止まらなくなってしまった。思わず前のめりになって言った。

「ああ。なんとしても三人で会いたい！　氏康殿とは若い頃に一度だけ顔を合わせたことがあるが、それきりだ。同盟者である晴信殿と氏康殿が、いったいどんな顔して二人で話をしているのかも見てみたいし、何より三人で顔を突き合わせて、腹を割って話をしてみたい」

「そうでございましょう。互いに長年、丁々発止の駆け引きをしてきた相手同士ですからな。なぁに、会ってみたいと皆が思うのであれば、会えないことなどござりませぬ」

そう言って雪斎はカッカカと笑った。その口中にはもう数本の歯しか残っていなかったが、相変わらずの豪胆ぶりに、義元はこの師匠にはかなわぬ、と思った。

それは間を取り持った雪斎の人徳であろうか。絶対に不可能と義元が最初から諦めていた三人の会談はとんとん拍子に話が進み、あっけないほど簡単に実現した。

会談の場所は善得寺に決まった。幼い頃に義元が預けられ、雪斎とともに幼少期を過ごした寺である。この寺は武田、北条との国境に近いので、会談の場所としても都合がよい。

会談の日は、山桜が美しく咲きほこる穏やかな春の日だった。

場所の支度を整えて善得寺で待つ義元のもとに、あらかじめ国境で合流した晴信と氏康が馬を並べてやってきた。姻戚関係になったとはいえ、ほんの少し前までは不倶戴天の敵だった国に足を踏み入れるのだ。同盟者の晴信と一緒であればよもや今川に襲われることもあるまいという、氏康の警戒心がそこには見て取れた。

善得寺の本堂の仏壇の前、左側に義元と雪斎、右側に晴信と氏康が座った。

客間ではなく、本堂の仏壇の前という不思議な場所で会談を始めることにしたのは、客間だと主客の席次を決めねばならず、上座に誰が座るかで無用の軋轢を生むからだった。その点、本堂であれば仏の前に誰もが平等であり、どちらが上か下かといった無用の気遣いをせずに済む。

「このたびは、拙僧のわがままにお付き合いくださり、はるばる駿河の地までご足労頂きましたこと、この太原雪斎、心より御礼申し上げます」

そう言って雪斎は深々と平伏し、長いこと頭を上げなかった。その平伏の不自然なまでの長さで、その場にいた三人とも、この同盟に至るまでの道のりの険しさ、それゆえの大きな意義について自然と思いを寄せた。

その後、誰かが口火を切って言葉を継げば会談は自然と始まるはずだったが、誰も口を開こうとしない。三人とも、腹の中にあまりにも多くの語りたいことを抱えている。だが、かといって不用意に口を開いたら、何やら予想もしていなかった揉め事が起こりそうな気もして、恐ろしくて一歩踏み出すことができない。


不自然なまでの、気まずい沈黙。

上空でけたたましく鳴く上げ雲雀《ひばり》の声が、本堂の中でもはっきりと聞こえる。

誰か話せ、なんでもいいから話せ……。

そんな緊張感が限界に達した、その時だった。


「くくく……ははは、はははははは！」

何を思ったか、いきなり義元が上を向いて大きな声で笑いだした。晴信も氏康も、義元のいきなりの奇行に、呆気に取られて義元の顔を眺めている。義元は笑いすぎてちぎれてしまった涙を拭きながら言った。

「いやいや、大変ご無礼つかまつった。いや、我ら三人、領国に帰れば泣く子も黙る偉大な当主だというのに、そんな者たちが三人揃いも揃って、むっつりと押し黙って難しい顔をしているので、何やら可笑しくなってきてしまいましてな」

するとそれまで固い表情を崩さなかった晴信がつられて思わず吹き出した。

「ははは。たしかに義元殿の言うとおりでござるな。東国に覇を唱える三つの家の主が顔を突き合わせて、いったい我々は何をしておるのか。のう氏康殿」

話を振られた氏康は、一瞬だけ戸惑ったような顔をしたが、すぐに気を取り直して感じのいい声で答えた。

「ええ。実に滑稽でございます。それでは気を取り直して、まずは勢いをつけるため、私が先陣をつかまつって形どおりのご挨拶から始めることといたしましょうか」

そして氏康は義元のほうに体を向け、背筋をピンと伸ばして軽く頭を下げた。

「今川義元殿、最後にお会いしたのはもう二十年ほど昔のことでございましょうか。あれから久しく経ちますが、こうして再びお目にかかれて嬉しゅうござる」

その顔の左の眉の上と右頬には、戦場で受けた古い傷跡が残っている。日に焼けた浅黒い肌は、彼が決して城に籠って家臣だけを戦わせるのではなく、長年にわたり兵たちと共に自らが戦場を疾駆してきたことを雄弁に物語っていた。しかしその顔のつくり自体は、二十年前に会った時の、まるで婦人と見紛うような優しい風貌からちっとも変わってはいない。

「ええ、やっとお会いできましたな。あの時は北条とは味方同士、武田とは敵同士でござった。故あって北条とは縁遠くならざるを得ず、幾度も戦うこととなったが、こうして再び誼《よしみ》を通じることができたいま、これほど頼もしいことはござらぬ」

「ええ。誠に頼もしい限り」

義元の言葉に感慨深げに氏康が何度も頷くと、横にいた晴信も同じように呟いた。

「うむ。これほどまでに頼もしい仲間はおらぬわ」

三人とも、痛いほどの実感がこもっていた。

義元も晴信も氏康も、それぞれの相手に一度は煮え湯を飲まされている。拮抗した力量を持つ名将同士だからこそ互いに敬意が生まれ、侮りがたしという警戒心が、逆にこの上なく強い絆を生み出していた。


一度こうして挨拶を交わしてしまうと、あとは驚くほどに和やかに会話が弾んだ。日が暮れて場所を移して酒の席が始まり、酒肴が運ばれて酔いが回ってくると、すでに遠い過去のこととなったこれまでの戦いの裏話が漏れ出てきて、まるで過去に出された問題の答え合わせのような様相と化した。

すっかり酔いが回った晴信が、すわった目で愚痴るように言った。

「二度目の河東一乱の時の義元殿には、本当にしてやられましたわ」

三人の中では、晴信が一番酒に弱いようであった。義元もそれほど強いほうではないが、晴信は小さな盃に注がれた酒を三、四杯飲んだだけで顔は真っ赤になり、普段の冷徹でどこか人を遠ざけるような態度が嘘のように、すっかり饒舌でくだけた感じになった。

からみ酒かこいつは。厄介だな本当に――

義元は晴信のこんな痴態を初めて見た。それで改めて思い返してみると、武田と今川の同盟はもう十五年以上に及ぶというのに、義元はいままで、晴信とほとんど酒を飲んだことがない。

晴信の父の信虎とは、うんざりするほどに何度も酒を酌み交わしてきた。晴信に甲斐国を追放されたあとも、駿河で隠居城をあてがわれて悠々自適の日々を送る信虎は、時々ふらりと今川館にやってきては「婿殿、さぁ一緒に飲もうぞ」と絡んでくる。

晴信とも、会談のあとにともに食事を取ることはよくあった。しかし晴信はいつも盃にほんの少し口をつける程度で、食事が終わればさっさと帰ってしまう。それで義元は、晴信はきっと酒が飲めないのであろうと思っていたくらいだった。

「あの時義元殿は、儂が氏康殿と同盟を組んだことは重々承知のうえで、しらばっくれて北条を討つための援軍を出してくれと儂にのたまった。よくもまあ、こんな白々しいことが言えるものよと心底呆れ返ったものじゃ」

するとと氏康もわははと大笑して、くだを巻く晴信に調子を合わせた。

「そうじゃそうじゃ。北条が関東に討って出て敵が多くなったところを突いて、言葉巧みに上杉家を丸め込むとは、実に上手くやったものよ。あの時の義元殿のなされように、我が北条は開祖以来の一番の存亡の危機を味わったわ」

氏康はさっきから何食わぬ顔ですいすいと何杯も盃を空けているが、顔色はちっとも変わらないし口調も一向に普段どおりだ。こちらは晴信とは対照的に、かなりの酒豪であるらしい。

義元は、すかさず笑いながら言い返した。

「何を仰るかご両人。それはお互いさまでござろう。

あれはもともと、北条と武田が陰でこそこそと手を結んでおられたので、私もそれ相応の対応をしたまでのことでござる。しかしまぁ、北条と武田が手を結んだと知った時には腹が立って仕方なかったものじゃが、私が北条を討つための援軍を求めた時の、晴信殿のうろたえた姿は、いま思い出しても愉快でござったな」

すると晴信は「まったく、義元殿もお人が悪い」とぼやいたが、その顔は苦笑している。氏康は晴信をからかうように言った。

「ははは、あの時はもう、武田と手を組んで失敗だったと心底思ったものですぞ。晴信殿の誘いに乗ってせっかく同盟を結んだというのに、その同盟者が、いざという時にちっとも役に立ちやしない」

「それは……」

「いやいや、気に病まれることはないですぞ晴信殿。いまとなってはすべてが笑い話じゃ。あれは決して晴信殿が役に立たなかったのではなく、義元殿の策が実に巧妙だっただけのこと。あんな馬鹿げた返し方をされては、私だって何もできぬ。あの時はお家の存亡の危機だった故に儂も殺気立っていて、晴信殿にはいろいろときつく当たったものじゃが、内心は晴信殿のお立場に同情しておった」

いまだから言える打ち明け話である。晴信は目を丸くして苦笑した。

「そうなのか氏康殿。ちっともそうは見えなかったぞ、貴殿もなんとも人が悪い」

「ははは。人の悪さで言ったら、晴信殿も同じ穴の貉じゃろう。それまで武田は今川と同盟して北条と散々戦っておきながら、貴殿がしれっと儂に同盟を持ちかけてきた時には、さすがの儂も耳を疑ったわ」

九年越しで初めて明らかになった事実に、義元は内心「やっぱりな」と思った。

当時は家臣の誰もが、武田がそんな不義理をするわけがない、きっと腹黒い北条のほうが利をちらつかせて、武田に同盟を持ちかけたのだと言っていた。そんな中で義元だけは、氏康殿がそんなことをするわけがあるか、持ちかけたのは晴信のほうだ、あいつはそういうことを平気でできる奴なんだ、と言い張ったものだ。

ただ、かといって晴信に対して今さら別に腹は立たない。

晴信は戦国大名として、自らが生き残るための最善の手を考えて、その手がどんなにきわどいものであったとしても躊躇なくその手を実行に移せる男なのだ。信用ならない男だと言えばたしかにそのとおりだが、持ちつ持たれつの共生関係を保てる限りは、晴信は実に頼れる同盟者ではある。

別に非難めいた口調でもなく、さらりと義元は言った。

「まあ、晴信殿の人の悪さは筋金入りじゃからな。私はよく知っておる」

義元は半分冗談、半分本気でそう言ったつもりだった。ところが、義元がそう言った途端、氏康と晴信は口を揃えて一斉に気色ばんだ。

「何を言っておられるか義元殿。この三人の中で一番お人が悪いのは貴殿じゃ」

「そうじゃそうじゃ。まったく、自分のことを棚上げにしてよく言うわ」

あまりに息の合った二人の掛け合いに、義元は思わず声を失った。

「な……」

「悪い人間ほど、自分は悪くないと思っておるからな」

「ああ。悪気がないから本当にたちが悪い」

二人の言葉はすべて冗談である。そうとわかっていても反射的に少しだけムッとした義元だったが、反論しようと口を開きかけたところで晴信に割り込まれた。

「だが」

そして晴信は不敵な表情を浮かべ、ニヤリと笑って言った。

「だからこそ、儂は義元殿を信じておる」

その言葉を聞いた瞬間、義元は「ああ、やっぱりこの男にはかなわぬ」と思った。晴信は何かと腹の立つ信用のできない男だが、要所要所でこういう、人の心を摑んで離さない言葉を吐く。こんなことを言われてしまったら、信用できない男だとわかっているのに、つい晴信を信じてみたくなってしまうではないか。

氏康がすかさず言葉を継いだ。

「まったくもって同感じゃな。悪い人間だからこそ信用に値する。儂も、義元殿も、晴信殿も、皆悪人よ。人を騙し、人を陥れ、数多の者たちを殺して、その屍を喰らってこれまで生きてきた。そんな同じ業を背負ってきた者同士だからこそ、儂はお二人を信じようと思った。――特に、義元殿」

氏康は、じっと義元の目を見た。

「いまだから言える話じゃが、亡き父、氏綱はその昔、今川を乗っ取ろうと秘かに画策して、貴殿の母上に取り入っておったのじゃ。

だが、ようやくその陰謀が成就しようかという矢先、貴殿が新しい今川の当主になられ、武田と手を組んだことですべての企みが水泡に帰した。父は歯噛みして悔しがっておったが、そんな父の様子をすぐ隣で眺めながら、儂は心の中で、自分よりも若いのにたいしたものだと貴殿のことを思っておったのだよ」

「あ……」

あまりの衝撃に、義元は言葉が出なかった。

かれこれ二十年近く昔、母の寿桂尼から散々に罵倒され、嫌味を言われながら押し通した武田との同盟は、正しい選択だったのだ。あれから何年もの間、あの時の自分の判断は本当に正しかったのだろうかと義元は悩み続けてきたのだが、その苦悩がいま、長い年月を経てようやく報われたような気がした。

「それ以来、貴殿とはずっと敵同士であったが、どうにも似た者同士のような気がしておってな。戦の場で、きっと義元殿はこう出てくるであろうと儂が考えると、まさにそのとおりに義元殿が動かれたことが何度もあった。本当に、敵なのにどこか己の影と戦っているような気がして、とても不思議な気分じゃった」

義元は、再び言葉を失った。最初は口をあんぐりと開いて、うわ言のように呟くことしかできなかった。

「わ……私も同じだ」

「え？」

「私も、貴殿と己は似た者同士だとずっと昔から思っておった。ずっと思っておったのじゃ氏康殿。ははは……はははは、そうだったのか。私だけではなかったのか。ははは、わはははは！」

柄にもなく大声を出して、手を叩いて狂ったように笑い出した義元の顔を、晴信と氏康は呆気に取られて眺めていたが、そのうち一緒になって笑いだした。

げらげらと笑い合っているうちに、互いに抱き続けた長年の遺恨が馬鹿々々しいもののように思えてきて、自分たちはいったいなんで戦ってきたのか、さっぱりわからなくなってきた。

この三人が手を組めば、京よりも東側を三等分して支配することも夢ではないかもしれない。不必要に酒で気持ちが大きくなっていることは間違いなかったが、その時の義元は、けっこう本気でそんなことを思った。

かくして、当時の大名たちを震撼させた「甲相駿三国同盟」が始まった。

そしてその翌年、これまでずっと義元の傍にあって彼を支えてきた太原雪斎は、まるでこの同盟の成立でやるべきことをすべてやりきったとでもいうのか、あっけなくこの世を去った。享年六〇歳だった。

つらく厳しい年月をともに歩んできた師弟の、永訣《えいけつ》の時である。

これで終わりであることは、義元も雪斎もわかっていた。雪斎はたいした病を患うでもなく、苦しむこともなく、数日間ただ静かに寝床に横たわっていただけだが、もう二度と起き上がることがないのは誰の目にも明らかだった。

師匠はこの世で果たすべきことを余さず成し遂げ、胸を張って一片の悔いなくあの世へ向かうのだ。まさに大往生ではないか。だからこそ、高らかに笑って彼岸に送り出してやるべきだ。それこそが師匠の誇り高い生き様にはふさわしい。義元はもう何年も前から、ずっとそう心に決めていた。

心の準備は、はるか昔にできていたはずだった。

でも実際その時がやってくると、準備など何ひとつできていなかった。

義元はすっかり骨ばった雪斎の手を握り、滂沱《ぼうだ》たる涙とともに、眠りに落ちる前のようなぼんやりとした表情の雪斎に向かって何度も呼びかけた。

「雪斎！　雪斎ッ！……逝くな！　逝かんでくれ！　私が今川をますます強く盛んにしていく姿を、もっともっと見続けていたいと言っておったではないか！……不安でたまらぬ。お主がいないと、私は不安でたまらぬ！　なぁ、教えてくれ雪斎。これから私はどうすればいい。わからぬ。お主がおらぬと何もわからぬ……だから、だからもっと私を教え導いてくれ。なぁ雪斎、雪斎ぃィ……」

周囲に多くの家臣たちが控えているのもかまわず、我ながら滑稽なくらいに取り乱している無様な自分がいた。将来への不安——ずっと視界には入っていたのに、これまで必死に見ないふりをしていたものが、いきなり冷たい現実となって無言で目の前に立っている。

義元は雪斎に、何でもいいから声をかけてほしかった。独りぼっちで当主を続けていかねばならないこれからの自分に、何でもいいから支えとなる言葉が欲しかった。

「あ……」

いきなり雪斎が呆けたように口を大きく開いたので、義元は歓喜して雪斎の名を呼びかけた。雪斎は焦点の定まらぬ目をゆっくりと左右に動かし、義元の影を見て取ると、もごもごと口を動かす。

「よし……もと……さま」

「おお！　雪斎！　気を強く持つのじゃ雪斎！　お主とは、もっと話したいことが山ほどある。これからも私を支え——」

だが、雪斎が発した言葉は、義元が期待していたのとは少し違うものだった。

「のぶ……なが」

「え？」

義元は雪斎の意外な第一声に、いきなり現実に引き戻された気がした。

「おだ……のぶなが」

「お、おお、信長か。信長がどうしたというのじゃ。そんなことよりも私は、お主とゆっくり話がしたいぞ。お主には改めて礼が言いたかったし、これからのことについても、ぜひお主の考えが聞きたい。のう雪斎、それで――」

だが、雪斎はそんな義元の言葉が耳に入ってこないのか、中空を眺めたまま、しわがれた喉を震わせて、主に別れのひと声を発した。

「のぶ……な……」

それが、太原雪斎が今川義元に遺した、最後の言葉となった。

死まであと六年

二八年目　弘治四年（一五五八年）　今川義元　四〇歳

氏真の阿呆を、なんとかして鍛え上げねばならぬ。

義元の最近の関心は、すべてその一点に集中していた。

雪斎亡きあとも、義元はこれまでとなんら変わらぬ辣腕をふるい、今川家の体制は盤石で政に関する懸案事項は少ない。となると、義元の関心は自然と、自分が引退したあとの今川家に向くことになる。義元は四〇歳になった。隠居するにはまだ若干早い歳だが、あと五、六年もすればもう、家督相続は避けようのない目の前の課題になってくる。その時に向けた布石は、早め早めに今から打っておかねばならない。

氏真も、今年でもう二一歳だ。

年齢だけは立派な大人だが、柔弱な性格は矯正されるどころか、年を追うごとにますます強まっていた。蹴鞠に熱中し、雅な公家文化への憧れを強め、京から駿河に公家衆が下ってくると、大喜びして歌会などに参加している。

芸事に熱中すること自体は、義元も否定はしない。

だが、それはそれとして戦国武将たるもの、この乱世を生き延びるには何よりも戦に勝たねばならない。そのために義元は生涯をかけて、京風に洗練されて無駄に気位だけが高かった今川の家風を少しずつ改めてきたのだ。

いまの今川軍では、義元が誰よりも先駆けて全軍の先頭に立ち、兵卒たちとともに夏は真っ黒に日焼けし、冬はしもやけになった手を焚き火で温めるといった光景が当たり前のものとなった。しかし、そのような父の泥臭い生き様は、氏真が憧れる公家たちの典雅な生き方とは正反対のものだ。

皮肉なことだが、そうやって義元が泥まみれになって今川家の力を強めていった結果、京の公家たちはますます今川を頼りにするようになり、なんの役にも立たない穀潰《ごくつぶ》しのような公家たちが豊かな駿河国に次々と流れてくることになった。今川館の周りはいまや、洛中のごとき風雅な建物が並ぶ瀟洒な街並みが広がっている。そして、そんな中で生まれ育った氏真はすっかり京の雅な文化に染まってしまい、それが苦労せずとも手に入る、ごく当たり前のものだと思うようになってしまったのだ。

竹千代が我が息子だったら、どれだけよかったか。

義元はもう何度、そう思ったかわからない。竹千代は三年前に元服したが、その時に義元は自分の名前から「元」の字の偏諱を与え、松平元康《まつだいらもとやす》と名乗らせた。元康は今年で一六歳。聡明で思慮深く、気持ちのよい好青年に成長した元康を見るにつれ、我が息子のこらえ性のなさ、線の細さがひときわ目に付いて、義元の嘆きもいっそう深くなるのだった。

これでは、いずれ竹千代改め松平元康に、今川家が乗っ取られることさえあるかもしれないな――

そんな突拍子もないことすら義元は真面目に考えていた。北条だってかつては今川のいち家臣にすぎなかったのに、北条氏綱は今川家の乗っ取りを画策していたのだから、それもあながち馬鹿げた妄想とは言い切れない。

この下剋上の世で、いま現在の家の実力などなんの足しにもならない。乱世を生き抜けるかどうかは、結局は人の資質にかかっている。松平元康の類まれな資質と、凡庸な我が息子の情けない資質。今でこそ松平家と今川家の勢威は雲泥の差だが、これが十年後二十年後にどうなっているかなど、誰にもわからないのだ。

「なあ、雪斎。どう思う――」

義元は思わずそう口に出しかけて、そうだ雪斎はもういないのだ、と考え直した。雪斎が亡くなって早三年も経とうというのに、長年の染みついた癖で、義元は決断に迷うとつい傍らの雪斎に声をかけそうになってしまう。

ああ、雪斎がおらぬと、不便でたまらぬ――

ある程度は覚悟していたことではあったが、実際に失ってみて改めて、義元は雪斎という存在の得がたい便利さを痛感していた。

雪斎は別に「こうしましょう」と自分から出しゃばって提案をしてくるわけではない。その代わり義元が考え事をしていると、ただ淡々と判断に役立つ情報だけを次々と耳に入れてくれた。そして、その情報をもとに義元が考え抜いて、どうしても決めかねていると、そこで初めて「それならばこうしますか?」と、最後のひと押しだけ軽く背中を押してくれるのだ。


いま、義元は織田家の新しい当主、信長の器量を測りかねていた。

最初はただの、人と違ったことをしたいだけの暗愚なうつけ者だと思っていた。ところがこのうつけ者が、案外としぶとく死なずに生き残っている。それどころか、着々と信秀死後の尾張国をまとめ上げているようにすら見える。

義元の頭にずっと引っかかっているのは、雪斎の死の間際の言葉と、生前の雪斎が信長についての判断に対してやけに慎重だったことだ。

「あのようなうつけ者、放っておいても勝手に死んでいくだろうが」

「いえ、案外そうはならぬかもしれませぬぞ」

「本当に、信長に関しては、雪斎はいつも煮え切らぬな」

「ええ。拙僧の元には様々な信長殿の評判が流れてくるのでございますが、それが真っ二つに割れているのでございます。それで正直、信長殿とはどのようなお方なのか、拙僧も決めかねている次第にございます」

「真っ二つ？」

「手の付けられない大うつけだ、あんな者が当主になったら織田はおしまいだと言う者と、かのお方は天才である、ひょっとしたらいずれ大きなことを成し遂げる、とてつもない大器かもしれぬと言う者」

「なんだそれは。大うつけが何も成し遂げられるはずがなかろう。それは、実際に当主をやったことのない者が、その気苦労も知らず勝手に当て推量して言っているだけのことだ。話にならぬ」

　義元が少しだけ気色ばんでそう反論すると、年老いた雪斎は、何か呆けたような無表情で、静かに答えた。

「ええ。普通に考えればそのとおりでしょうな。ただ、拙僧が気になっているのは、信長のことをうつけ者だと評するのはたいていが年老いた譜代の家老や重臣連中で、天才だと評するのは若い軽輩の家臣や、城下の百姓や商人たちだということなのです」

「それがどうした。若造や百姓、商人どもは政のなんたるかをわかっておらぬという、何よりの証拠ではないか」

雪斎は義元の苛立ちを優しく受け止め、教え諭すような口調で答えた。

「いえ、逆でございますよ義元様。譜代の重臣どもはやたらと気位ばかり高くて、伝統と格式に口うるさいだけでちっとも使い物にならないことは、あなた様も身に沁みてよくご存じでしょう。

そういう古臭い頑固な年寄りたちに評判が悪く、若者や民草に評判がよいというのは、信長という者の器を考えるうえで大事な手がかりではないかと」

「……」

義元は雪斎の言葉を認めたくなかった。周囲の迷惑も顧みず、好き勝手に生きる信長のような男を認めてしまったら、自分の人生が否定されるような気がした。

雪斎が亡くなった翌年、予想どおり尾張国は真っ二つに割れて争いを始めた。きっかけは信長の舅、斎藤道三が嫡男の義龍《よしたつ》の裏切りに遭って殺されたことだ。道三と折り合いが悪かった義龍は、道三に可愛がられていた信長に対しても当然ながら敵対姿勢を取るようになり、信長は美濃国主の舅という強力な後ろ盾を失った。

すると、林通勝《はやしみちかつ》や柴田勝家《しばたかついえ》といった主だった織田家の家老たちは、もはやなんの力も持たない信長よりも、品行方正で評判のいい弟の信行に織田家を任せたほうが安泰であると考え、示し合わせて信行の擁立に動いたのだった。

もはや、信長は進退窮まって滅びを待つのみだと誰もが思った。

だが、実際に蓋を開けてみると結果は真逆だった。信長と信行が直接激突した稲生《いのう》の戦いで、信長軍は不可解なほどの固い結束を見せ、倍以上の兵数を有していた信行の軍を完膚なきまでに打ち破ってしまったのである。


なぜだ。なぜこの状況で信長が勝つのだ。わけがわからぬ。

義元は困惑した。


戦いの勝敗は、始まった時点で八割方決まっている。

それが、義元が雪斎から教わり、必死でその実現に腐心してきた信条だった。いかにして必勝の態勢を作るかが問題であり、戦などは事前の準備をどれだけ完璧に構築できたかの答え合わせでしかない。勝つか負けるか蓋を開けねばわからないような、不確実な状態で戦いに臨んでいる時点で総大将失格だと、彼は考えてきた。

そんな義元の目からすると、倍以上の敵を倒したという信長の戦いなど、さっぱり評価には値しない。むしろ、敵のたった半分の数の軍勢しか用意できなかったのに無謀にも敵に挑みかかるなど、唾棄すべき無責任さだと思った。

しかしそれでも、信長は勝った。

戦は結果がすべてである。万全の準備で負けた総大将と、不十分な準備で勝った総大将のどちらが優れているかといったら、勝った総大将のほうが優れているに決まっている。


これはきっと、信長のためなら命を捨てても惜しくないという、信長に心酔する者たちが死を厭わず奮戦したのに違いない。それで、信長は本来負けるべき戦を土壇場でひっくり返したのだ——散々悩みぬいた末に、義元はそんな結論を下した。

そんな無茶は、どうせ長続きはしない。一度や二度はそれで勝てたとしても、いつかは無理が祟って絶対にボロが出るものだ。地道に一歩一歩実績を積み上げていかない限り、一時はほかの者の頭を飛び越えて多少の頭角を現したとしても、どこかで仰向けに転げ落ちるに決まっている——


それは半ば、義元の願望に近い思いだった。自分の思考がどこか客観性を欠きはじめていることに義元自身も薄々感づいていて、そのことがいっそう、義元をいらつかせている。

「ああ、雪斎……教えてくれ雪斎。信長はどのような男なのじゃ……」

雪斎が存命ならば、ここで何食わぬ顔をして、尾張の寺社を通じて聞いた信長の人となりについての逸話のひとつやふたつをさらりと教えてくれただろう。だが雪斎はもういない。この歳にして独り立ちを余儀なくされた義元は、これまで自分がいかに雪斎に支えられてきたかを、改めて痛感させられていた。

信長は、案外と手強い敵なのかもしれない。

義元の心には少し前から、黒いしみのような疑念がぽつんと生まれている。

だが、かといって義元に今さら何ができるのか。北と東には同盟者の武田と北条がいる。となると必然的に、今川家は西に勢力を拡大していくより外にない。いや、そもそも義元は、織田家との戦いに兵力を集中し、西に向かって勢力を拡大するためにこの同盟を結んだのである。

大方針は決まっている。織田信秀が死んで信長に代替わりしたことで、多少は不確定な要素が出てきたが、もう織田と戦って倒す以外の選択肢はないのだ。

たとえ信長がどんな奴であろうと、鉄壁の準備を整えて分厚く攻め寄せ、じわじわとすり潰すだけのこと。戦いの勝敗は、始まる前に八割方決まっている――

義元はそう言って、弱気になりかけていた自分の心に喝を入れた。

ある日義元は、氏真を呼びつけて二人だけで話をした。

「氏真よ、お主ももう二一じゃ。私は一八で家督を継いだことでもあるし、そなたも十分に今川の当主としてやっていける歳になった」

「そんなことはございませぬ。私めは至って未熟で、まだまだ偉大な父上のようには参りませぬ」

自分の謙虚さを演出するためと、義元へのご機嫌取りも兼ねて氏真はそんなことを言っているのだろうが、なんのてらいもなく氏真が「自分は未熟である」などと言えてしまうところに義元は閉口していた。

自分を卑下する言葉を、安易に吐くな。

自分は未熟であると、心の中で考えて己を厳しく律することは大いに結構だ。だが、それを安易に言葉にして口に出すことは危険だ。それが習慣になってしまうと、いつしか自分の発した言葉に乗っ取られて、謙遜のつもりで言っていたことが知らぬ間に現実になってしまうことがままある。

「腰が低く謙虚なことは、大名家の当主にとって必ずしも美点ではないぞ氏真。お主はもう少し堂々と構えて、多少のことでは動じぬ器を身に付けねばならぬ」

「はい、かしこまりました、父上」

これまたなんの考えもなく、あっさりと父の言葉に同意する氏真。

義元は忌々しかった。これは何もわかっておらず、ただ受け流してその場をやり過ごしただけだ。この息子にはいくら口で言ったところで通じない。逃げようのない厳しい現実に直面させ、実際に自分で最後まで対応させることで、身をもってその大変さを理解させるしか、この馬鹿者の意識を変える方法はないと思った。

人間の成長について、「地位が人を作る」という面は無視できない。最初はその高い地位には似つかわしくないような頼りない人間も、その地位に見合う行動を周囲から期待され、自分もその期待に応えようともがくうちに、いつの間にか自然と、その地位にふさわしい人格を身に付けているといったことが往々にしてある。まさに義元自身がそうやって自分を鍛え上げ、性格的には本来不向きであるはずの今川家の当主の役目を立派に務め上げてきたのだから。

「そこで私は考えた。私は隠居する」

「……はぁ？」

「今川家の当主はお主じゃ。お主が自分で考え、自分でよいと思うようにこの家を切り盛りしてゆけ。お主はもう、立派にそれができる歳じゃ」

いきなりの父の引退宣告に、氏真は見るからにあたふたと慌てはじめた。その無様な様子がまた義元の失望を募らせる。

「そ、そんな……急に言われても、心の準備が……」

「私は一八になるまで寺で生まれ育ったのに、二人の兄が急死して、その数日後にはもう今川の当主になっていたのだぞ。昨日までの当たり前の日々が、明日もそのまま続くなどと思うでない。状況など戦の勝ち負けひとつですぐに変わるのじゃ。心の準備ができてないなどといった、甘ったれた言い分を世間は許してくれぬ」

「え……でも、父上はまだお若いのに、それでよいのですか」

義元はまだまだ現役で、馬を駆って戦場に出る機会ははっきり言って息子の氏真よりもずっと多い。隠居して悠々自適に余生を過ごすにはあまりにも早い。

「いや、さすがに完全に身を退くことはせぬ。私は隠居して駿河・遠江をお主に任せて、三河と尾張の攻略だけに専念したい」


今川家の父祖伝来の地である駿河と遠江は、義元の巧みな統治のおかげですっかり安定しており、柔弱な氏真でも問題なく切り盛りできるだろう。

これくらいの簡単な政でまずは経験を積ませて徐々に氏真の自覚を促し、いままでの自分のやり方では上手くいかぬということを自ら悟らせようというのが、義元の考えだった。もし氏真が何かやらかしたとしても、その時は義元が出張ってきて事を収めれば済む。自分もあと十年は元気でいられるだろうから、その十年でじっくり氏真を育てていくしかないと義元は腹をくくったのだ。

義元には、氏真の下にももう一人息子がいて、自分がそうだったように出家させて寺に預けている。氏真の資質に絶望するあまり、氏真を廃してその弟に家督を継がせてはどうかと考えたことも一度や二度ではない。

だが、嫡男以外の者に家督を継がせようとすることは、武田信虎の例を引き合いに出すまでもなく一番のお家騒動の元だ。兄弟で殺し合うあんな後味の悪い経験を、義元は息子たちには絶対に味わわせたくなかった。そうなると義元にはもう、この無責任な氏真と否応なしに付き合い続けるよりほかに手がないのだ。

最初は戸惑いの色を隠せなかった氏真は、しばらく目が泳いで落ち着かぬ様子だったが、それでもすぐに父に対して反論した。

「しかし父上、それでは家中に二人の主がいることになり、家臣たちは混乱するのではありませぬか」

この息子は、やらない言い訳を考えることに関しては本当に頭がよく回る。一見もっともらしい理屈をひねり出すのでつい耳を傾けてしまいそうになるが、要するに新しいことを始めるのが怖くて面倒なだけなのだ。

「問題ない。私は今川の家中のことには一切口出しせぬ。三河の松平元康殿と、尾張の織田信長に関することだけは私がすべて差配し、それ以外はすべてお主が切り盛りせよ。そのように切り分ければ明快であろう。家臣たちもよもや戸惑うことはないはずじゃ」

「は……はぁ……」

どのように屁理屈をこねたところで、義元に一切譲る気配がないことを見て取った氏真は、見るからに面倒くさそうな不服の表情を浮かべながら義元の指示をしぶしぶ了承した。

かくして、今川家の家督を氏真に譲った義元は、身軽になった体で松平元康のいる三河国に向かった。三河では元康が自ら国境まで迎えに来てくれた。

「義元様。よくぞお越しくださいました。三河の者は一同、義元様のご来駕を心よりお待ちしておりましたぞ」

そう言って爽やかに笑い、頭を下げる元康の顔を見て義元は目を細めた。なんという気持ちのよい若者だろうか。人質として織田家と今川家を行ったり来たりし、父を早くに亡くすという過酷な幼少期を送りながら、決してひねくれることもなく、厳しい現実と辛抱強く向き合うだけのこらえ性を持ち合わせている。甘ったれで小賢しい我が子とは雲泥の差だ。

氏真と話している時はいつも苛立ちを感じる義元だったが、元康と話していると自然と気持ちが明るくなった。元康は氏真ほど雄弁ではなかったが、語る言葉は常に地に足がついていて、心からの本音であることがすぐにわかった。

「家督を氏真様にお譲りになられたとお伺いしましたが」

「ああ。三河の平定と織田との戦いに専念するためにな。隠居して肩の荷が下りて、雑事に煩わされずただひとつのことに腰を据えて取り組めるのは、実に気分のいいものじゃ。いまは我が人生で、一番楽しい時やもしれぬ」

家督を譲ったところで、氏真は頼りないし、どうせ自分は決してのんびりと楽隠居はできないだろう、と義元は最初まったく期待はしていなかった。

ところが、いざ家督を譲ってみた翌日、別に前の日と世界がなんら変わったわけでもないのに寝覚めはすこぶる爽快で、周囲のあらゆる景色がどこかキラキラと新鮮に輝いているように見えた。義元はそこで初めて、心の底からくつろいでいる自分自身に気がついたのだった。

その後、氏真が何かをやらかすたびに義元は何度も出張って尻拭いをした。だが、それは面倒ではあったが別に嫌な気分ではなかった。自分が責任者となって矢面に立って案件に取り組むのと、責任者がしでかした不始末を横から気楽に口出しして後片付けするのとでは、取り組む内容は同じでも、受ける重圧がまったく違うのである。

そうか、何はなくとも私は、今川家当主という重荷を常に背負っていたのだな――

それは二十二年間にもおよぶ、長い荷役だった。

起きている間も寝ている間も義元はその荷物を背負い続け、背負いながら呼吸し、背負いながら日々の暮らしを送ってきた。それが普通になっていたのですっかり忘れていたが、自分が背負っていた荷物は、こんなにも重かったのだ。

「さあ、元康殿。これからは貴殿と手を携え、この三河の地で松平家の支配を盤石のものに固め、そして織田の奴ばらを追い払ってしまおうぞ。

織田家は少し前に信行が死んだことで、信長と信行の跡目争いは決着がついたようだが、まだ家中は大いに動揺しておるはずじゃ。今こそが織田に鉄槌を食らわす絶好の機会でござる」

義元はそう言って力強く笑ったが、実はこの時点で、義元は大きな認識違いをしている。信長と信行の跡目争いは三年前の稲生の戦いで完全に決着がついていて、織田家の家中はもうまったく動揺などしていなかったのだ。

稲生の戦いで信行の軍を破り、織田家の当主の座を守りきった信長は、反旗を翻した信行と、林通勝や柴田勝家ら重臣たちに温情を見せてすべてを許してやった。母の土田御前《つちだごぜん》が懇願したためである。

しかし、信行は心の奥底でやはり兄の信長に対して忸怩たる思いを抱いていたらしく、今年になって再び反旗を翻した。

ところが、今回は信行の目論見は完全に外れ、家中になんの波風も立たなかった。

三年前は信行を支持した林通勝も柴田勝家も、今度は一切の迷いなく信長を支持していた。うつけ者と陰口を叩かれ、先行きを危ぶまれていた信長の実力の高さが、皮肉なことに稲生の戦いで見事に証明されてしまったからである。

この戦いで大逆転勝利を遂げた信長が、実に的確で見事な采配を見せていたことや、兵たちを巧みに鼓舞して勇敢に戦わせていたことが、戦場に居合わせた者たちの伝聞で次第に周囲に知れ渡っていった。

そうなると、ただ品行方正なだけが取り柄の信行様などよりも、多少は型破りであろうが信長様のほうがよほど頼りになると、家臣たちはすっかり信長に心服してしまったのである。これでは、今さら次男の信行を担いで嫡男の信長を引きずり降ろそうなどという者がいるはずもなかった。

そんな現実が目に入らず、あのうつけ者を家臣たちが受け入れるはずがないという希望的な思い込みで信行は情勢を見誤り、一度は拾った命を失うこととなった。信行は信長との再戦を期していたが、もはや戦にすらならなかった。彼はかつて仲間だった柴田勝家に騙され、呼び出されて清洲城に単身でのこのこと現れたところをあっさりと暗殺されたのである。

ところが、義元はそのような尾張国の最新動向を知らなかった。織田家の家中はまだ信長派と信行派に分かれて争っているという、不正確で古い情報がまったく更新されることなく、いまだに義元の認識として残っていたのだ。

地獄耳の雪斎がいなくなったことの悪影響が、じわじわと出てきていた。

義元の力強い言葉に、元康はぱっと表情を明るくした。その若者らしい素直な反応を見て、義元も嬉しくなった。

「義元様が三河をずっと見守ってくださるとは、松平家にとってこれほど心強いことはございませぬ。この元康、今川家への変わらぬ忠誠をお誓いし、義元様の手足となって、末永くともに戦うことをお約束いたします」

「ははは。義理堅い元康殿のお約束は、蔵いっぱいの金塊ほどの値打ちがあるな。私も全力で元康殿のことをお支えしようぞ。元康殿は、私のことを父親のように思ってくれて結構じゃぞ」

「はい。私は幼くして父を失い、その顔もほとんど覚えてはおりませぬゆえ、義元様のことを実の父のようにお慕いしておりました。これからも、至らぬ私を教え導いて頂きたく、何卒よろしくお願い申し上げます」

気持ちのよい好青年である元康にそんなしおらしいことを言われ、義元は思わず口元が緩むのを止めることができなかった。

よし。見ておれ織田よ。信長よ。準備は整ったぞ。

武田と北条を味方につけたことで、いまや背後を気にすることなく、すべての力を織田家にぶつけることができる。しかも今川家の威風はこれまでになく高まっており、天の時はこちらにある。

三河の覇権をめぐる織田家との長きにわたる争いも、いまや三河の八割方は今川が押さえている状態であり、地の利もこちらにある。

そして何より今川家はこれまで、清康、広忠、元康と三代にわたり松平家を支援してきた。元康殿は幼い頃から私の庇護下にあってその絆は固く、人の和もこちらにある。

戦いに勝つための条件として孫子の兵法が掲げた、天の時、地の利、人の和。この三つが見事なまでに揃っているのだ。これで我が今川が負けるはずがあろうか。ひとえにこれも、義元が何年にもわたって地道に積み上げてきた戦略の賜物である。

戦いの勝敗は、始まった時点で八割方決まっている。よし。織田信長など一揉みに押し潰し、二度と三河に手を出そうなどと思わないよう、徹底的に痛めつけてくれよう。そして、あわよくばそのまま清洲城まで一気呵成に攻め入り、尾張の地を丸ごと切り取ってくれるわ。

義元は自信に満ちあふれた表情で、まだ顔を見たこともない織田信長のいる西の方角をじっと睨みつけた。

死まであと二年

三十年目　永禄三年（一五六〇年）　今川義元　四二歳

五月十九日は、春にしてはやけに蒸し暑い日であった。

「降ったりやんだり、なんだかわけのわからない天気であるな」

傍に控える近習に苦笑交じりにそう言った義元は、用意された輿に乗り込んで出発を命じた。


軍を率いて駿河を出発した義元は、七日前に尾張の沓掛《くつかけ》城に入った。織田信秀が亡くなり、信長と信行が兄弟で家督を争っていた頃に、混乱に乗じて攻め取った城だ。義元はここから西に進んで織田信長の軍と雌雄を決し、三河をめぐる両家の長年の争いに今度こそ完全な決着をつけようと考えていた。あわよくば信長を討ち取り、尾張全体を切り取ってしまうことも想定している。そのための準備は万端だった。

甲相駿三国同盟で背後を固め、西の攻略に専念できる今川軍の兵力は二万五千人。それに対して織田軍が動員できるのはせいぜい五千人が精一杯だろう。その圧倒的な兵力差はいかんともしがたく、織田家はもうおしまいだと見限った鳴海城と大高城の城主は今川方に寝返った。大高城から信長の本拠地である清洲城まではもう、歩いて一日もかからない。

圧倒的な力の差があれば、敵の心はそれだけで折れ、勝手に自分のほうになびいてくる。それはまさに、義元がひたすら目指してきた「戦わずして勝つ」という状況だった。

「元康殿は、まこと稀有な戦上手じゃ。小さな三河国に押し込めておくには惜しい器量じゃな」

輿の中から、義元は隣を歩く近習と雑談をしている。若い近習は緊張した表情で「そうですね」と義元の言葉をそのまま受け止め、当たり障りのない答えしか返さないので義元としては退屈で仕方がない。

雪斎であれば、義元が一を言えばそれに自分の知見と見解を添えて、十にも二十にも話を広げてくれた。その意見は義元の考えと異なることもしばしばあって、それを言い放つ雪斎の口ぶりは遠慮会釈もないものだったが、義元は決して不愉快とは感じなかった。むしろ、自分が思いもよらなかった観点からの指摘は刺激的で楽しいものだった。

「元康殿は昨日の大高城への兵糧入れからずっと戦い詰めじゃ。しかも昨晩は夜中ずっと丸根砦攻めにかかりっきりで、眠気も限界であろう。大高城に下がって休ませるように。我々はそこで元康殿と合流しよう」

「ははっ。かしこまりました」

　義元が命じると、近習はそれになんの自分の意見も付け加えず、ただ言われたとおりのことをする。なんだか独り言を言っているようで、義元は一抹の寂しさを感じた。


　沓掛城を出発した義元の本隊は、織田家との戦いの最前線である大高城を目指している。大高城は昨日まで、織田方が築いた丸根砦と鷲津砦によって周囲との交通を遮断され、孤立して危機的な状況に陥っていた。だが、松平元康が別働隊を使って巧みに敵をおびき寄せて、その隙に大高城に兵糧を運び入れ、さらに丸根砦を攻め落としたことで形勢は一気に逆転した。

　このあとは義元が大高城に入り、そこを起点としてじわじわと潮が満ちていくように尾張国を侵食していけば今川の勝利である。そこには鮮やかな軍略も類まれな武勇も必要ない。義元が築き上げた的確な大戦略に沿って、それを粛々と実行していくだけの作業だ。王者は無理をしない。必死で頑張ることもない。ただその圧力で静かに相手を押し潰していくだけである。

義元が柄にもなく輿に乗ったりしたのも、その戦略の一環だった。

足利将軍家に連なる今川家は、輿に乗ることを幕府から許可されている。とはいえ義元は、輿のような鈍重な乗り物に乗って采配が取れるかと、重臣たちの勧めを断って今まで戦場で乗ったことは一度もなかった。

だが、今回の戦だけはあえて乗ることにした。織田に対して圧倒的な格の違いを見せつけて、戦う前に心を折るのが今回の戦の進め方である。

輿に乗って戦場に向かう余裕あふれる義元の姿は、通過する村々で噂になって広まり、それを聞いた織田の者達を絶望のどん底に叩き落とすことだろう。いつものように敵陣の先頭に立って兵たちを鼓舞する必要もない。むしろ今回に限っては、織田など最初から目ではないという思いを態度で示すほうが、兵たちもますます自信を強め、士気は高まるはずだ。


朝からずっと、不安定な天気だった。

バラバラと大粒の雨が降ってきたかと思えば、ほんの少し晴れ間がのぞいたりもする。生暖かい風が東から吹いたその直後に、今度は西からひんやりとしたつむじ風が吹いてくるといった具合で、義元が乗る輿も行軍する兵たちもぐっしょりと濡れている。時折雲が途切れて日の光が差し込むと、しとどに濡れた鎧の袖や槍の柄がキラキラとまぶしくきらめいた。

「晴れたかと思えば大雨。これでは落ち着いて昼飯も食えぬ」

義元は気まぐれな天気に辟易していた。朝から歩き通しで兵たちは疲れている。どうせまたすぐ晴れ間がのぞくだろうから、そうしたら休憩にして昼飯を食わせようと思っていたのだが、こういう時に限って小雨がダラダラとやまない。とっくに昼飯の時間も過ぎた刻限になって、義元は天気を諦めて行軍を止めさせた。

仕方あるまい、雨の中だが食事にせい、と義元が命じたその地は、地元では桶狭間《おけはざま》山と呼ばれる小山のふもとであった。

くたびれた様子の兵たちは、泥だらけになるのもかまわずにぬかるんだ地面に腰を下ろすと、肩からぶら下げた包みを開いて握り飯を取り出した。行軍に備えて朝のうちに握らせておいた握り飯は雨に濡れてぐずぐずに崩れ、それをこぼさぬよう手で包みながら、すするように口をつけて食べている。

すると食べ終わるよりも前に、にわかに空が暗くなり、遠雷が鳴って雹《ひょう》まじりの土砂降りの大雨が降ってきた。兵たちは食事どころではなくなってしまい、恨めしそうに空を眺めている。バラバラと叩きつける大粒の雨と雹の音が轟然と響きわたり、周囲に靄《もや》が立って途端に見通しが悪くなった。

「酷いものだな。こんな気まぐれな天気、見たことがない」

あまりの激しい雨に、輿の中にまで水が沁みてきている。この時代、政を司る立場の者にとって不安定な天気はあまり気分のよいものではない。天は常に人の行いを見ていて、人の上に立つ者が正しい政を行わなければ、異常気象を起こしてその者を罰すると信じられていた。

ただ、それを言うならこの地は尾張国で、織田の領土だ。この尋常でない天気は、どちらかと言えば織田信長の悪政を罰するために起きたものであろう、などと義元が考えていたその時、ワッという喊声と地響きのような音が聞こえた。

「何事だ！」

輿の外に頭を出して近習を呼ぶと、真っ青な顔をした近習が駆け寄ってきて叫んだ。

「よくわかりませぬ！　ですが敵襲やもしれませぬ。殿は今すぐ後方にお下がりくださりませ」

「なんだと⁉　そんな馬鹿なことがあるか！」

だが、幾度も戦場を往来してきた義元には、この音が軍勢の襲来する時のものであることがすぐにわかった。とはいうものの、織田軍がいつの間に本陣のこんな目の前まで肉薄してきたのか、皆目見当がつかなかった。この突然の豪雨で見通しが悪くなった隙をついて、秘かに移動していたとでもいうのか。

突如、輿が左に大きく傾いて義元はつんのめった。その後、体が一気に持ち上げられる感覚があり、ゆさゆさと揺れながら前に進んでいく。家臣たちで輿をかつぎ上げ、とにかくこの場を離れようというのだろう。だが、泥濘《でいねい》と化した道の上を、何人もの人間が重い輿を担ぎながら徒歩で進むのだ。その動きはあまりにものんびりとしている。

「もうよい！　馬を持て！　こんなものに乗っていられるか！」

たまらず簾《すだれ》をかき分けて輿の外に頭を出し、家臣たちを怒鳴りつけた義元だったが、そこで周囲の様子を目にして愕然とした。

ほんの百歩ほど先に、織田家の旗印を背負った雑兵たちが迫ってきているではないか。それに対して、休憩中だった自軍の兵たちはまばらに散開していて、迫り来る敵兵を阻むにはあまりにも層が薄い。

なんということだ。兵を分散させすぎた――

ここへ来て義元はようやく、自分の用兵の迂闊さを悟った。

軍は兵の数が増えれば増えるほど、統率を取るのが難しくなる。二万五千もの大軍を一度に動かすことは義元にとっても初めての経験であり、いきおい、全軍を小さな軍団に分けて、指揮はそれぞれの軍団を率いる将に一任せざるを得なかった。

すると当然、進軍に合わせて軍団と軍団の間には隙間が空いたり詰まったりするし、あまり密集しすぎると混乱の元になるので、自然とばらけた形で今川軍は進むことになった。おそらく信長はその間隙を突くような形で、秘かに義元の本陣に接近したのだ。

全軍がまともにぶつかれば二万五千対五千の戦いだが、義元の本陣だけを切り取れば五千人しかいない。しかも雨の中を長行軍して疲れきった兵が相手であれば、信長が率いてきた手勢、おそらく二、三千程度であっても十分に勝機はあった。しかし、そうとわかっていても普通、それを本気で実行に移すだろうか。そんな大博打は多分に運の要素に左右されるもので、十中八九は上手くいくものではない。

そうこうしているうちに、織田の兵はもう五十歩ほどの距離まで迫ってきた。

「早く馬を持て！　馬はおらぬのか！　早く！」

焦った義元の怒号に焦った担ぎ手たちによって輿が乱雑に地面に下ろされ、その衝撃で義元は輿から転がり落ちた。すぐ近くで敵味方が戦う剣戟の音が聞こえる。敵はもう、すぐそこにいる。

したたかに地面に打ちつけられた義元はしばらく動けず、痛みに堪えてようやく頭を上げると、そこには槍を構えた兜武者がこちらを見下ろしていた。

「織田家家臣、毛利新介《もうりしんすけ》参る！　義元殿、ご覚悟ォ！」

とっさに義元は愛刀の宗三左文字《そうさんさもんじ》を抜こうとしたが、それよりも早く、毛利新介の伸ばした槍が義元の右の鎖骨のあたりを貫いた。

「ぐはっ……」

今までに感じたことのない激痛に、義元の意識がゆがむ。

なんなんだ……

なんなんだこれは……

今日の朝まで、いや、この突然の雨が降る前まで、まさか自分にこんな未来が待ち受けているなどとは思ってもいなかった。今日は当然のように昨日の続きの人生があり、そして明日には今日の続きの人生があるものだと信じて疑っていなかった。

信長……織田信長ぁ……

雪斎が長いこと、信長をどう評価するかで迷い続け、死の間際ですら自分に何かを言い遺そうとしていたのは、こういう事態を予見していたのか。信長という男はやはり、私の理解の範疇を超えていた——

この傷ではもう助からぬと、義元にはすぐにわかった。今さら足掻いても無駄だと頭では理解しているのに、それでも本能が生きようともがく。

「義元殿、御首級《みしるし》頂戴つかまつる！」

うつ伏せで倒れている義元の上に馬乗りになった毛利新介が短刀を引き抜き、義元の頭を左手で押さえつけて兜の緒を切った。露わになった首筋に刃を突き立てようとしたその時、義元が信じられないほどの最後の力を見せて頭を左右に激しく振ったので、毛利新介の左手が義元の頭から離れた。義元は目の前にあったその手に無我夢中で噛みつく。

「いいい痛っ！　このッ！　覚悟せい死にぞこないが！」

鮮血が飛び散り、鉄と泥が混じった苦い味が義元の口の中に広がった。噛み切った毛利新介の小指がごろっと舌の上を転がるのがわかる。

そして次の瞬間、首のあたりになんともいえない強烈な衝撃が走った。ありえない方向に視界が動いたことで、義元は自分の首が斬り落とされたことを悟った。

混濁する意識の中、義元の脳裏に様々な思考が閃光のようにパチパチと明滅する。

自分が亡きあとの甲相駿三国同盟のこと。頼りない嫡子、氏真のこと。自分を討ち取った織田信長とかいう、顔を見たこともないうつけ者のこと。善得寺で出会い、酒を酌み交わした北条氏康と武田晴信の姿。そして師匠、太原雪斎との尽きせぬ思い出。

ああ、私が死んだらきっと、武田晴信は同盟を反古にして駿河に攻め寄せるのであろうな。その時は頼むぞ氏康、お主だけが頼りだ――

最後はそんなことに思い至った義元だったが、そこでふと気がついた。

私はなんでこんな、頭と胴体が離れたあとになってまで、今川の当主としての役目を果たそうとしているのか。

もういいだろう。何も最後の最後まで、今川の当主でいる必要はあるまい。

そう思った瞬間、ふっと意識が遠くなり、魂が軽くなった気がした。そんな義元の脳裏に最後に浮かんだのは、幼い頃に大好きだった、善得寺の裏山に咲く満開の山桜だった。


（了）

用語解説

1 得度 僧になるための出家の儀式
2 京都五山 臨済宗で特に高い寺格に位置付けられた京の五つの寺
3 中風 脳卒中の後遺症による半身不随や手足の痺れなどの症状
4 守護 幕府が国ごとに設置した行政官
5 守護代 守護の代理を務める役職
6 応仁の乱 一四六七年から十一年続いた内乱。足利幕府衰退の原因となった
7 首座 禅宗の修行僧の中で首位にある者をさす役職名
8 近習 大名の身の回りの世話をする家臣
9 本草 植物学
10 執権 鎌倉幕府の職名。将軍の補佐役だが、実質的な幕府の最高権力者だった
11 白糸威 白い糸で札をつなぎ合わせた鎧
12 茶筅髷 毛先を茶筅のような形に結った髷
13 労咳 結核

あとがき

このたびはたいへん後味の悪いこの小説に最後までお付き合い頂き、誠にありがとうございました。書き上げたいま、作者の私自身が「なぜこれで義元が死ぬのか」と、わけがわからない釈然としない気持ちでいっぱいです。

私は史実に嘘を交えた歴史小説を書く人間であり、自分のついた嘘に対するせめてもの贖罪《しょくざい》として、小説のどの部分が創作であるかをあとがきで解説することを前々作からの習慣としておりますので、蛇足ではございますが、あと少しだけお付き合い頂けますと幸いです。

さて、本作の最大の創作箇所は善得寺の会盟です。甲相駿三国同盟が結ばれたのは史実ですが、義元・信玄・氏康の三人が善得寺で一堂に会したというのは後世の創作だと言われております。とはいえ、こんな最高の見せ場を捨てられるわけがあるかと、嘘を承知でその場面を描きました。書いていて最高に楽しかったです。

また、義元の兄、氏輝と彦五郎が同じ日に死んだことは史実ですが、死因については不明で、雪斎が毒殺したというのは私の創作です。徳川家康の父、松平広忠も記録上は病死で、暗殺されたとする一次史料はありません。ただ、氏輝・彦五郎・広忠は死んだ歳がみな二十代でその死があまりに突然なので、記録には残されていない何かがあってもおかしくないと私は思っております。

武田信玄が下戸だという設定も、根拠となる資料はありません。一方で北条氏康には、「酒を飲むなら朝にしろ」と家臣に勧めたという逸話があります。夜に酒を飲むと深酒してしまうし、朝酒すると一日の始まりに勢いがつくからという理由なのですが、これは間違いなく酒がめちゃくちゃ強い人の発言でしょう。氏康がザルならば信玄は下戸にした方が対比が面白いかなと思って、このような設定にした次第です。

なお、私が天国に向けてもっとも謝らねばならないと思っているのは義元の母、寿桂尼の性格設定です。作中では、独りよがりでヒステリックな女性として描いていますが、実際には彼女の人となりを伝える史料はほぼありません。

戦国時代に女性が一時的に家中の指揮を執ったケースはいくつかありますが、そんな女性たちの中でも寿桂尼が発行した公文書の数は圧倒的に多く、彼女は戦国時代の女性家長の代表的存在とされております。

主人公を苦しめる存在がいるほうが小説としては盛り上がるので、私の勝手であんな扱いづらい厄介な女性にしてしまいましたが、実力があり家中でも信頼されていたからこそ史実に残る活躍ができたはずで、実際はかなり有能な女性だったのだろうと思われることを、彼女の名誉のためにここで付記しておきます。

今川義元は日本史上でも屈指の「やられ役」と言ってよい人物です。

のちに天下人となる織田信長を引き立てるために、彼は公家趣味に走り化粧をしてお歯黒をしていたとか、太りすぎて馬に乗れず輿に乗っていたとか、必要以上にさんざんな描かれ方をする傾向があります。

でも、やられ役が強くて魅力的なほうが、物語って面白くないですか？

本作を読み終わったいま、あなたが今川義元という人物の偉大さと魅力を噛みしめると同時に、義元に攻め込まれた時の信長と織田家家臣たちの絶望感、そしてそんな状況から勝利をもぎ取ってしまう織田信長という人物の凄さ、恐ろしさを肌感覚としていっそう克明に思い描いていただけたら、作者としてこれ以上の喜びはありません。

二〇二二年　十月

白蔵　盈太

本作品は歴史上の人物を題材としたフィクションであり、史実とは異なる部分があります。また人物造形は作者の想像により構築されております。

文芸社文庫

桶狭間で死ぬ義元

二〇二三年四月十五日　初版第一刷発行
二〇二三年九月二十五日　初版第二刷発行

著　者　白蔵盈太
発行者　瓜谷綱延
発行所　株式会社　文芸社
〒一六〇－〇〇二二
東京都新宿区新宿一－一〇－一
電話　〇三－五三六九－三〇六〇（代表）
〇三－五三六九－二二九九（販売）
印刷所　図書印刷株式会社
装幀者　三村淳

ISBN978-4-286-30112-9

［文芸社文庫　既刊本］

白蔵盈太
あの日、松の廊下で

浅野内匠頭が吉良上野介を斬りつけた本当の理由とは？　二人の間に割って入った旗本・梶川与惣兵衛の視点から、松の廊下刃傷事件の真相を軽妙な文体で描く。第3回歴史文芸賞最優秀賞受賞作。

白蔵盈太
討ち入りたくない内蔵助

一生裕福で平穏だったはずの大石内蔵助の人生は、主君が起こした刃傷事件によって暗転する。利害と忖度にまみれた世間に嫌気がさしつつも一人踏ん張る内蔵助の「人間味」を描いた新たな忠臣蔵。

白蔵盈太
画狂老人卍　葛飾北斎の数奇なる日乗

奇人変人、でも天才。偏屈で一般常識など持ち合わせていない江戸の大絵師・葛飾北斎の破天荒な日常と、絵への尋常ならざる探求心とを、師匠に振り回される常識人の弟子の視点から生き生きと描く。

白蔵盈太
義経じゃないほうの源平合戦

打倒平家に燃え果敢に切り込んでいく義経を横目に、頼朝への報告を怠らず、兵糧を気にする自分の情けなさ…。知略家の兄・頼朝と、軍略家の弟・義経、二人の天才に挟まれた凡人、源範頼の生きる道。